너는
눈꽃 사랑이야
눈빛 사랑이야
눈물 사랑이야

너는 눈꽃 사랑이야 눈빛 사랑이야 눈물 사랑이야

발행일	2019년 3월 20일

지은이	유종우		
펴낸이	손형국		
펴낸곳	(주)북랩		
편집인	선일영	편집	오경진, 강대건, 최예은, 최승헌, 김경무
디자인	이현수, 김민하, 한수희, 김윤주, 허지혜	제작	박기성, 황동현, 구성우, 장홍석
마케팅	김회란, 박진관, 조하라		
출판등록	2004. 12. 1(제2012-000051호)		
주소	서울시 금천구 가산디지털 1로 168, 우림라이온스밸리 B동 B113, 114호		
홈페이지	www.book.co.kr		
전화번호	(02)2026-5777	팩스	(02)2026-5747

ISBN   979-11-6299-319-4 03810(종이책)   979-11-6299-320-0 05810(전자책)

이 도서의 국립중앙도서관 출판예정도서목록(CIP)은 서지정보유통지원시스템 홈페이지(http://seoji.nl.go.kr)와
국가자료공동목록시스템(http://www.nl.go.kr/kolisnet)에서 이용하실 수 있습니다.
(CIP제어번호: CIP2019010652)

유 종 우
시   집

너 는

눈꽃
사랑이야

눈빛
사랑이야

눈물
사랑이야

북랩 book Lab

지난 세월을
빗물에 맡기려 해도
뒤돌아서며 버리려 해도

내 가슴 위로
다시
흘러내리는

나의 너

　도로를 지나다니는, 고무와 철제가 한데 섞인 차바퀴 무리 맞은편에서 어떤 희끄무레한, 형체를 알 수 없는 무언가가 가물거리는 게 보였다. 그곳을 당당히 오가는 시선들은, 주변 사물들과 어울리지 못한 채 한숨처럼 홀로 서 있는 어스레한 형상 주위를 잠시 맴돌다가, 가을 녘을 닮은 참실잠자리 떼가 내수면을 스치며 날아오르듯 말없이 그곳을 지나쳐 가고, 넘어진 밤의 자취 한 조각 남아 있지 않은 그 곁으로는, 오후의 옷을 벗어 던진, 자주호반새가 내뿜는 나뭇더미 같은 저녁 바람만이, 달무리에 젖은 어슴푸레한 하늘가의 은물결처럼 고즈넉이 밀려들 뿐이었다. 나는 성큼성큼 그곳으로 다가가, 긴긴밤의 어둠 속에 갇힌 채 내 눈 속으로 구겨져 들어오는 누르스름한 형상을 내려다보았다.

　그것은 밀짚모자였다. 모자 아래쪽으로는, 찬 바람에 젖은 머리채를 굽이진 바닥의 어깨 위로 빗물처럼 흘리며 나를 올려다보는 한 사람이 보였다. 그 앞에는 바람에 부딪히며 지나 버린 기억처럼 너울거리는 플라스틱 물그릇 몇 개가 놓여 있고, 그 안에서는 여러 가지 물 생물들이, 자신을 불길 속으로 내던져 모조리 태워 버리는 잿더미처럼 그 뜨거웠던 눈길을 풀어헤치며, 굼틀거리며, 무너져 부서지듯 광활한 대지의 끝으로 치닫고 있었다.

　나는, 잿빛 물결 사이를 헤치며 감파른 어둠 속의 발광체처럼 언뜻언뜻 형태를 드러내는 그의 눈동자를 바라보았다. 그 눈에 투영된, 그릇 속의 몸짓들은 희디흰 숨결을 입안에 가득 머금은 무언의 형상처럼 반짝이기를 멈추지 않으며, 그곳을 온 가슴으로, 온 눈빛으로 가득히 채워 메우고 있었다.

눈동자라는 광활한 천체 속에서 그들은 누구보다 자유롭게 헤엄치고 있었다. 새벽 공기를 닮은 그 수많은 불빛은, 자신에게 허락된 순결한 눈으로 제 앞에 펼쳐진 무한한 모든 것을 바라보며, 그릇 속의 물 위에 비친 크고 드넓은 세상을 쫓고 있었다. 그리고 그들은, 눈동자 속의 수많은 순청빛 잎자락이 하늘과 같은 초자체액의 물결 사이로 도란거리며 유영하듯 매 순간마다 다른 모습으로 깜박거리기를 멈추지 않았다. 잠시 후 그들의 눈동자는 저녁 빛과 어우러져, 눈빛과 어우러져 밀짚모자 밖으로 그 해끄무레한 얼굴을 내밀곤, 그 밀짚모자의 곡선을 타고 회전하며 우주의 유성우처럼 주위의 빛을 한데 모으기 시작했다.

은하가 길 위에 내린다. 별이 그 위에 쌓인다. 어느 틈엔가, 길 위에 수북이 쌓인 별빛 위로 은하의 노란빛과 붉은빛이 한데 어우러져 흐르며, 내 발등 위로 손을 내민다.

밤하늘의 물결에 어린, 투명무늬 자수 같은 그 별빛과 마주한 나는 무언가에 이끌리듯, 새벽의 한 귀퉁이에 홀로 선 낯익은 체온 같은 그 품속으로 발을 내딛는다. 낯설지 않은 그 아렴풋한 별들의 빛깔이 포근함으로 다가오려는 순간, 나는 그것을 놓칠세라 부여잡듯 그 빛 속을 정처 없이 바라본다. 하지만 그 빛 속을 아무리 들여다보아도, 그 안에서는 못난 시절의 추억과 지난날의 눈빛만이 소리 없이 맴돌고 있을 뿐, 다른 어떤 것도 찾을 수 없고, 세월과 맞닿은 먼 곳으로 시선을 던져 보아도, 가까운 데를 눈여겨보아도, 그곳에 남아 있는 것은 오로지 있는 그대로의 내 모습뿐, 다른 어떤 것도 보이지 않는다. 지금껏 나는 무엇을 찾아 그 낯설고도 아득한 시간 속을 떠돌며 헤매고 또 헤매었던가.

　물 생물들이 수면 아래로 아득히 멀어질 때쯤, 그 고인 물 속에서 빛물체 하나가 날개 달린 수생곤충처럼 튀어 오르더니, 하늘가의 빛 자락을 타고 날아오르며 기류 속에 펼쳐진 은하 물결처럼 밤하늘 위에서 반짝거린다.

별을 쫓는 나방의 눈빛을 바라보며

2018년 7월 유종우

목차

푸른 파도의 날개깃

물떼새의 입김 속으로
걸어 들어간다,
푸르게 나부끼던 갯바람의 깃털 자국이.

새의 날개깃은
광활하고도 무한한 바다의 파도와
같고
물결의 보드라운 체온은
해안의 모래톱 속으로 스며드는
태양의 날개와
같다

눈부신 물결의 깃털을 입에 문
해변의 구름처럼
바다의 물결무늬 위에 서 있던 갯바람은

어느덧
그곳을 벗어나

대기의 외벽에
소금기 어린 푸른 눈빛을
칠하며

맑고 청청한 공기 방울들이 머무는,
우기 없는 하늘을 향해
날아오른다

그 모습은
파도 위에 핀
해밝은 아침의 들꽃과 같고

그 날갯짓은
파도 속에서 피어난
드밝은 아침노을의 풀꽃과 같다

갯바람의 날개는
공중으로 사뿐히 날아오르다가
해안의 물빛 그림자처럼 다시
바다의 물결 너머로 멀어져 가고

바다를 닮은 네가

바다의 품에 안겼던 너는
바다보다 더 푸른 모습으로
내 앞에 서 있다

가까이 다가가려 하면
셀 수 없이 무수한 파도 소리처럼 스러져 버려서

좀 더 다가서려 하면
헤아릴 수 없이 많은 파도의 물빛처럼
어딘가로 밀려가 버려서

네가 있는 바다 곁으로
나를
내 있는 모습 그대로 내밀 수 없었는데

지금 너는
그때의 바다보다도 더 맑게
더 깨끗하게
내게 다가오고 있다

이 순간이
설령
한밤의 꿈같이 깨져 버린다 할지라도

나를 적시고 있던
푸른빛이
파도 위를 스쳐 가는 물새처럼
수평선 너머로
다시 멀어진다 할지라도

내 품에서
네가
오후의 파도에 비친 바람 소리처럼
투명한 물결로 출렁이는 한

나의 바다는
영원히 내 곁을 떠나지 않을 것임을
나는 안다

넌 푸른 바다야

넌 푸른 바다야
아무도 믿지 않는다 해도
넌 푸른 바다야

멀리 떠나갔다가
바람을 타고 다시 돌아오는
넌 푸른 바다야

바람에 머리칼을 날리며
내 곁으로 다가와
그 맑은 음성으로
내 눈빛을 어루만지는
넌,

바람결을 따라
가슴속으로 흐르는
상쾌하고도 푸른
끝없는 바다야

그 푸른 물결이
바다의 빛깔을 감싸듯

그 모습을 그리며

너를 향해
발걸음을 내딛는다

물 위의 겨울나무

비 언다. 비가 언다.
눈 내리는 정경. 하늘과 그걸 똑 닮은 나무
또 다른 수목과 겨울나무. 서 있다가 서리 맞은,
잎줄기가 갈라지지 않은,
등줄기가 그다지 휘어지지 않은
어린 은행나무.
노을이 금빛 나무 밑에 두고 간 은행 열매는
청서와 그 밖의 다람쥐들이 몇 개 주워 가고
나머지 중 얼마는 바람이,
그리고 몇몇 알맹이는 산새들의 노래가 가져가고
모두 다 어디론가 가 버리고 이제는 없다.
나무를 비껴가지 못한 한 떨기의 안개비는 나무의 지난날을
흔들더니,
두더지가 뒷발로 주변의 흙을 밀어 내
자기만의 둔덕을 지면 위에 쌓아 올리듯
노란 영상을 나무의 가슴속에서 끄집어내 축축한 밑바닥에
쏟아내곤,
그것마저 다 가져간다.
올해도 제 눈물 꽃 하나 없이,
길쭉한 나무는
끝없이 일렁이는 그 백색 계절의 길목에 혼자 서서

비가 눈이 되고, 눈이 오다가 비가 되는 광경을 본다.

그쳐도 그치지 않는 눈은

떠나도 떠나지 않는, 지쳐도 지칠 수 없는 나무의 마음이런가.

겨울 정취에 차들의 경적이 모인다. 사람들이 몰려든다.

또다시 눈이 온다. 비가 내린다.

내리는 눈비에 우산이 퍼지고,

우산이 뛰어가고,

우산 없는 고무 밑창들도 어딘가로 뛰어간다.

그들은 그곳에 서 있는 나무에

금박지로 포장된 초콜릿보다도 더 애달픈 열매가

수북이 달려 있었다는 걸 알지 못한다. 그리고 차 안에서

빗물의 이면을 통해 밖을 내다보는 사람들은

은행나무가 자기들 근처에 서 있다는 것조차 인지하지 못한다.

눈이 녹아 바닥에 쌓이지 않는다는 아이들의 불평이

그저 잠시 그 옛날의 바람 소리 같은 가을날의 한겻을 즐기고

썰물을 이룬 갈잎 떼처럼 집으로 돌아가려는 그들에겐 오히려

반가울 뿐.

내일 일은 잊고 그저 한때를, 하루를

오늘을 향한 어제의 기대처럼 팔다리 내려놓고 쉬고 싶을 뿐.

나무를 잊은, 불면의 낮과 밤을 지나는 그들이

나무의 하얀 그늘을 이야기할 수는 없는 법.

오히려 그것이 나무에게는 위로가 된다.

눈비, 흰 비가 내리는 날에,

혼자서 내리는 밤에

혼자 서 있다

여름 위로 날아오르는 바다

청청한 녹음의 수풀이
양쪽으로 나뉘어
일렬로 먼 곳까지 길게 이어진, 바람 부는 길을 따라
사람들이 발걸음을 옮긴다
나는 그 앞에 서서
코끝을 스쳐 가는 남실바람을 느껴 본다

손등까지 늘어져 있던 소맷자락을 걷어 올리고
여름을 가로지르며 발을 내딛자,
어디선가 들려오는
콸콸 쏟아지는 물, 소, 리
맨발과 맞닿아 있던 바닥이 푸른 바다로 바뀐다

길 한가운데에서 길가 쪽으로
자리를 옮겨 보지만,
물은 바지를 적시고 옷자락 위로
물방울을 튕긴다

길 한복판을 지나가는 수많은 구름 요트와
물살을 가르며 햇살 속으로 뛰어오르는
반짝이는 청색 날개를 단 날치 떼

물 위를 뛰어가는 사람들
물장구치는 사람들

걷든, 뛰든, 헤엄을 치든
물은 그것 하나만으로도 온전히 충만하다

어느덧
모든 이의 눈망울은
아이의 눈빛으로 빛나고

그들은
맑게 갠 두 눈과 그 눈빛으로,
각자의 가슴속에 숨겨 둔 초록 잎사귀를
쪽빛 하늘처럼 펼친다

남빛 파도의 향기

갯벌 위에 서서
물결 사이로 흐르는 구름을 보네

바다의 수면에 비치는
하늘가의 새벽 별처럼

어슴푸레한 빛으로
해안을 감싸는 바람

바다의 파도를 닮은
그 바람을 타고
해안의 물빛은 흩날리고 또 흩날린다

뜻 모를,
이름 모를 아스라한 연청빛 향기들이
바다에서 스며 나와
물가에 흩어진 조각들을 지나쳐 간다.

해안을 휘돌던 바람은
남녘에서 밀려온 파도에 안기며

그전보다
더 푸른 빛으로

바다의 수평선 너머를 향해
물빛 나래를 펴는데……

기다림이 기억이 돼 버린 이들에게로

이제 곧 새벽이 온다
밤바람이 넘나들던 회색 문을 닫고, 채광창을 열어라.
잊고 있던, 아니 잊었다고 생각했지만
그렇지 못했던 네 얼굴 그리고 그 시절 내 얼굴이
고요한 새소리, 화평한 그리움이 스쳐 간 지면 위에서
불꽃처럼 다시 피어오른다.
날이 밝아 온다. 저 먼 곳이 다가온다.
웃음이 어여쁜 물빛 속삭임이여!
마음속 철탑이 기울기 전에
새벽을 타고, 열차를 타고,
기다림이 기억이 돼 버린 이들에게
이제 그만 돌아가 주렴.
그들의 가슴속에 있던 철탑은 어느새 저마다의 철로가 되어
바람이 오가는 사람들의 고장에서부터
달맞이꽃이 피어 있는 멀고도 먼 산기슭 저 너머까지
끝없이 이어져 내리깔리고,
그 길을 따라,
누 떼를 찾아 밤이 내린 평원을 헤매는
사자 무리의 눈초리처럼
어둠의 한복판에서 이글대는 전조등 불빛을 뿜어내며
열차가 달려온다.

증기인지 안개인지 알 수 없는 그 속에서
하나둘 모습을 드러내는, 갈 곳 잃은 형상들
자신의 동공만 의지한 채 일렬로 줄지어 기차에 오른다.
누군가를 찾아 나서기 위해 기차에 오른다.
지난 시절의 눈가에 흐릿하게 아로새겨진
불완전의 세계를 뒤로하고
기차가 달려간다
사람들의 자화상을 길 위에 흘리며.
차창 밖으로 흩어져 있던 불빛이 한데 모여 별을 만들고,
그들은 상실의 밤을 지나
잊을 수 없는,
셀 수 없이 많은 달맞이꽃이 지고 피는 곳을 향해
내달려 간다
창을 스치는 풍경이 별을 부른다.
하늘이 두 조각날 듯이 들새들은 하늘 높이 날아오르고,
사람들의 눈동자엔 온기가 가득 차오른다.
증기는 안개가 되어 열차의 은빛 메아리에 휘감기며
별빛에게 손을 흔든다.
스러지지 않는 별과 지워지지 않는 별이 스쳐 간다
바다의 염분 같은 지난날들이 지나간다.
어느 이른 아침, 기차는 홀로 가벼이 손 인사를 한다.

눈가의 작은 새

별을 가리키는 손을 본다
별과 맞닿은 눈빛을 본다

호수에 떠 있던 작은 새가
물 밖으로 걸어 나온다

새들의 소리와 같은
나무와 풀과 꽃이
작은 새의 작은 몸짓을 주시한다

너는 무엇을 바라보고 있나
너의 시선은 어디로 향하고 있나

호수의 눈물과도 같은 그 형상들은
작은 새의 눈가를 스치며 조금씩 멀어져 가고

그 모습을 지켜보던
나무와 풀과 꽃은,

하늘가의 별과 같은 모습으로
어느새 바뀌어 버린
그 호수 속으로

자신의 영상을 흘려보낸다

작은 새는,
새벽빛이 내린 호수에
제 그림자를 드리우며

물속 깊은 곳으로
아득히 사라져 가는
빛과 같은, 그들의 영상을 바라본다

호수 속으로
사라져 가던 그 빛의 영상은
풀잎처럼
흔들거리며

꽃잎처럼
다시 흔들리는데

바다라는 이름의 소년

농장 일을 하는 중년 남자가 어느 해안가 근처에 있는 언덕배기에서 살고 있었다. 남자는 다른 사람의 땅을 빌려다가 그곳을 일구어 초지를 만든 후, 거기서 소나 그 밖의 동물들을 기르며 생활하고 있었는데, 가축 수가 그다지 많지 않아 벌이가 변변찮은 데다가, 농지를 빌려 쓴 데 대한 대가까지 매번 땅 주인에게 지급해야 했던 까닭에 몹시도 빈궁한 생활을 하고 있었다. 그에게 있는 거라고는 고작해야 초라하기 짝이 없는 외양간 하나와 소 한 마리 그리고 닭과 염소 몇 마리가 전부였으며, 그 가축들을 풀어 놓고 기를 수 있는 자기 소유의 땅도 전혀 없었다. 다행히 그곳 지주가 맘이 좋아, 남자의 농장 인근을 에워싸고 있는 자기 땅에 그가 가축들을 풀어 놓아도 싫은 내색을 보이지 않았다. 지주의 이러한 배려에도, 남자의 생활은 갈수록 궁핍해져, 몇 마리 있지도 않은 가축을 모두 팔아야 하는 처지에 놓이고 말았다.

중년 남자가 소의 고삐를 잡은 채 지주가 사는 아랫마을로 무거운 발걸음을 옮기다가 환하게 탁 트인 바다 쪽을 내려다보며 중얼거렸다.

"그래도 다행이지 뭐야. 지주님은 마음이 좋아 소와 염소들을 다 사 주시고도 남을 분이지. 인품이 어찌나 훌륭한지 나같이 미천한 것은 도저히 따라갈 수도 없다니까. 우

선, 이 소부터 팔아야지. 가족 같은 녀석이지만, 내가 돌봐
줄 형편이 못 되니 어쩌겠어. 지주님이라면 이놈을 잘 돌봐
주실 거야. 이 녀석을 판 돈이면, 아마 올해는 그럭저럭 버
틸 수 있겠지? 언덕배기에선 옥수수가 잘 자란다고 하니까
내년부턴 옥수수 농사를 하면 될 테고. 허허허."
순간 남자의 넝마 같은 옷자락이
수평선에서 불어온 바람을 맞으며
눈갯버들 잎사귀처럼 나부낀다.
그는 무언가에 이끌린 듯
가던 길의 방향을 바꾸곤, 바닷가에 펼쳐진
반짝이는 숨결 위로 발을 내딛는다.
해변에서만 느낄 수 있는
소라 내음. 고둥, 불가사리, 우뭇가사리.
남자는, 스스로 투명해진 바다에 발을 담근다.
발가락으로 바다를 간지럽히자,
잔물결이 인다. 웃음기 어린 바다의 정이,
축복 같은 마음이 수면에 닿아 반사되며
그의 눈에 얼비친다.
남자는 바다를 향해 소리친다.
지금부터 드디어 연회가 시작되나요?
즐거움의 서막이 열리는 건가요?
그는 발가락으로 바다의 문을 두드려 본다. 바다가 대답한다.
기쁨이 있어 내가 웃지. 그리고 기쁨이 없어도 나는 웃는다.
바다의 포문이 열린다.

눈앞의 바닷물이 소용돌이를 일으키며
남자를 자기 안쪽으로 끌어당기자,
사방으로 폭발하며 튕겨 오르는 물보라의 그 깊은 안쪽으로
남자는 순식간에 빨려 들어간다.
그의 귓가에 아련히 들려오는,
주인을 애타게 찾는 소의 울음소리.
남자는 어느새 바닷속을 향해 달려간다.
마파람이 뱃머리를 후려치듯
물살이 그를 빠르게 지나쳐 가면 갈수록
남자는 자신을 짓누르던 그늘진 잎을 한 장씩 벗어 던지며,
묵은 천 조각을 걷어 던지며,
물결과 같은 푸른빛 속의 청년으로,
물결을 닮은 푸른 눈빛의 소년으로 점차 그 모습이
바뀌어 간다.
연안으로부터 해저곡까지 이어진,
수많은 해조류로 이루어진 베일이 좌우로 갈라지며
밀려 나가고,
그 밑에 깔려 있던 모래들이 수류에 휩쓸리며
바닥을 짚고 일어선다.
창해의 증기가 높층구름 위로 빨려 올라가듯
물방울이 공중으로 솟구친다.
온 마음을 다해 나부끼는구나!
내 푸른 잎사귀여!
남자는 소년의 눈동자로 바다를 보고,

청년의 양팔로 그것을 안고,
현재의 가슴으로 바다를 대면한다.
그가 해변에 두고 온 발자국과
그를 맞이한 남빛 바다가
하늘과 물을 가로지르며 섬광처럼 흩어지는 순간,
남자는 어느새 해안가에 다시 홀로 서서 그 물결을 마주한다.
과거로부터 현재까지 이어져 온 시간은
바다 위로 흐르고 있다.
바다는 대기의 흐름에 따라 펄럭이는 날개를 접었다가 펼치기를 끝없이 반복하지만, 그 존재의 겉면에 닿아 있는 내면의 본질은 무한한 공간 속에서 일관되게 형상화된다.

그대는 바다와 같아서

그대를
언제부터 바라보았느냐고
묻지 마세요

그것은
바다가
언제부터 푸른빛이었느냐고
묻는 것과 같으니

그대를
얼마만큼 사랑하느냐고도
묻지 마세요

그것은
파도의 수가
얼마나 되느냐고
묻는 것과 같으니

그대를
어느 만큼 그리워하느냐고도
묻지 마세요

그것은
바다의 빛이
어느 정도로 맑게 반짝이느냐고
묻는 것과 같으니

파도 위로 흐르는 구름

돛단배가 있다
저 먼 곳에 흰 돛단배가 있다

흰 구름과 흰 돛단배는 원래 하나였다
흰 파도와 흰 빛살은 원래 하나였다
흰 구름의 시간과 흰 파도의 기억은
태초에도 하나였고 지금도 하나이다.

그래서 배가 간다 그래서 돛단배가
먼 곳을 지나 더 먼 곳으로 간다

그곳은 구름의 하늘이자, 파도의 바다이자, 시간의 평야이자,
모든 무구한 존재의 연원.

배를 봤다
작은 배를 봤다 하얀 돛을 단 작은 배

바람을 안고
바람을 따라
바람 속으로 나아가는 작은 배.

구름의 날개를 달고
시간의 물 언저리를 향해 나아가는 돛단배

날아오른다
배는 수면을 뒤로하고
하늘로
날아오른다

돛단배는,
파도가 되어
안개 속의 산등성이가 되어

빗물 같은 구름 깃털을
바람에 날리며

지난날의 추상이 머무는
운해의 선단 쪽을 향해
순백의 날개를 펼친다.

그림자 언덕

그림자 언덕에선

새의 그림자도,
나무의 그림자도,
풀잎의 그림자도
찾을 수 없네

모두 다
언덕의 그림자일 뿐

짧아졌다가
길어지기를 반복하는,
언덕의 그 끝없는 그림자를
따라가다 보면,

언덕의 그림자에
가려져 있던
그들을
볼 수 있네

언덕과
하나가 되어
반짝이고 있는
그 모습을 볼 수가 있네

바다 비

풀의 눈
풀의 코
바다를 향하는
바다의 밤에
바람도 잠시,
잠시
녹아, 흘러
내린다

그
바람은,

땅과 같고
잠든 풀의
아침과 같다
소리도 없고
물에
젖은
빛깔도 없다

그저
다문 입술만이,

저쪽으로
밀려가
녹아, 흘러
내릴 뿐

풀의 코
풀의 눈
바다를 부르는
바다의 밤에

해안도

냉기 어린 유리 바람이
해변 위로 굽이쳐 흐르다가
눈보라의 날개 옷깃처럼
모래 위에 흩어진다

나는,
유리 바람의 조각들을 모아
컵을 만든다

빙벽 같은 컵 주위로
바람의 백색 형상들이 휘몰아친다

밀려온다
연안으로 물안개 같은 수증기가
밀려온다

피어오른다
아스라한 기체의 반사체가
투명한 연기처럼
해변의 광원에서 피어오른다

나는,
파도를 따라
해변의 갯벌 위를 걷는다

바람을 따라
모래벌판 위를 달린다

아득한 대기의 물결 속에 비치는
시트로넬라 꽃향기 같은
회리바람의
고즈넉한 순청빛 숨결이여!

흰 증기는
서서히 잦아들며,

상념의 안개에 휘감긴,
잎 없는 물결 가시나무의 모습으로
해안을 감싸고

나는,
파도가 몰아치는 해안 지대의
산호수 같은,
빛깔 없는 나무의 가시 줄기를 어루만지며
바람 속으로 걸어 들어간다

해안에 부는 바람의 공간 속으로
바닷물이 밀려든다
그 바람 속에서
바다의 좌우 측면이 회전하며 깨어져
파도로 다시 거듭난다

철썩이는 파도 소리

그 소리는 어느새
수증기 같은 모래 무늬를 해안가에 입히고

타워

사람들은 내게 묻지

타워를 보았느냐고

그것이 어디에 있는지
아느냐고.

그 빌딩을 보았어요

그것이 어디에
우뚝 솟아 있는지
보았어요.

나도 모르게
쉽게 대답해 버릴
때가 있었지만

그 빌딩을 본 적이 없어

그 모습을 바라본 적이 없어

그 형상을 느껴 본 적이
단 한 번도 없었네

나무의 바다

푸른 나무의 형상을 한
나뭇잎들이
나무줄기의 수분 같은 액체 바닷속을
서툰 몸짓으로
헤엄친다

수면 밖으로 고개를 내밀고
숨을 내쉰다,
푸른 나무의 형상들이.

하지만
고개를 한 번 내밀고 나면,
다시는 물속으로 돌아갈 수 없어.

아침 해를 끌어당기는
푸른 조수를

광활한 대지와 같은
그 바다 아래에서는
더는 마주할 수 없게 된다네

물 밖으로 고개를 내민
나뭇잎들은,
풀잎에 고인 새벽의 이슬 향기에
취하듯
물 밖의 그 다채로운 빛깔에
사로잡히고 또 사로잡혀

자신들의 기억이 머무는
그 바다의 품속으로
다시는
되돌아갈 수 없게 돼 버리고 만다

그들의
눈가를 적시던 눈물은
어느새
바다의 물결이 되어

지난밤의 바다와 같은 모습으로
하얗게 일렁이고

새벽 숲

안개에 젖은 물결이 발등을 적신다
내려다보니, 자세히 보니
그것은 나뭇잎.
저 먼 곳의 숲이 비틀거리다가 좌우로 뒤틀린다.
그 크기를 가늠하기 어려울 정도로 몸집이 거대한 어떤 것이
숲속에 사는 걸까.
어디선가 고래의 음성이 들려오는 것 같지 않니?
새벽 세 시가 돼도,
새벽과 아침 사이에 나뭇잎이 들어차도
고래의 노래는,
아니, 애타게 누군가를 부르는 그 울림은 지속된다
저절로 외로워지는 숫자와
소스라치도록 부끄러운 비구름.
안개가 또다시 밀려들고
나뭇잎들이 공중을 향해 수직으로 상승하며
봄날을 닮은 늑대 울부짖음처럼
나부껴, 부대껴, 사방으로 흩어져 짓뭉개진다
삐거덕 회전, 좌측으로 다시 회전하며 제 눈을 흘기는,
지속되는 가장자리를 제멋대로 스쳐 가는,
숲속의 열세 명 아이들이 속삭이던,
그 옛날의 거꾸로 선,

튤립 같은 소리.

꽃받침을 닮았어. 그 꽃받침을 닮았어.

그것을 담고 있던 화병을 닮았어.

고래의 목소리가 사람의 문자가 되어 내 귀에 비처럼 내린다.

너는 혼자가 아니야. 내가 있잖아. 네게는 내가 있잖아.

머뭇거리는 것도 잠시일 뿐,

서둘러라, 웃는 것도 잠시일 뿐, 깨우쳐라

숲이란 존재에게는 내가,

네게는 나뭇잎의 물결이 전부이니.

새벽 세 시가 넘어도

새벽과 아침의 경계가 무너져

아래로 곤두박질쳐져 흘러내려도

고래의 노래는 불빛처럼,

지나 버린 소리를 읊조리지 않는다

숲에서 발을 떼자

어디서 본 듯한 젖은 날갯죽지의 뒷면이

고래의 소리를 밟으며 숲속으로 헤엄쳐 들어간다

가면의 팸플릿

이삭을 갓 뚫고 나온 낟알 하나가
열기구를 타고, 하늘에 괴어 있는 구름 속을 헤치고 가다가
밭벽이 사방으로 널브러진, 초본식물이 집단으로 자생하는
서식처 위에 부엉이 가슴으로 내리꽂힌다
껍질을 벗지 못한 그의 마스크는 오늘도 무면허 상태이다.
고깔모자라도 좀 쓰지그래?
그런 표정으로 뭘 하겠다는 거지?
낮게 날든 높게 날든
고형체는 민판을 박차고 하늘로 날아오르고
걸어가든 뛰어가든
유형체는 도로 위의 민낯을 밟고 지나가는데
공문서식과 모서리와 등사기와 횡단면이
제 발등을 수없이 쳐 대도
그의 표정은
도로 위의 그을음 사이로 쏟아져 나오는 낟알들 틈 속에서
구부러진 액체 난간처럼 끝없이 이어진다
면허를 취득한 낟알들은 서로 안전거리를 유지해 가며
타인에게 어떤 그리운 지적도 하지 않고,
새로운 속편도 만들지 않으며,
어제 가두녹음된 소리를
오늘도 있는 그대로 반복하며 바라보며 플레이한다.

마스크를 쓴 낟알이 품질 평가소를 지나
공중으로 치솟았다가 푹 꺼지는
도로 아래로 메다꽂힐 때쯤
목소리만 두툼한 제품 평가단이 청색 휘파람을 분다.
오늘의 안부를 마스크 속에서 분사하던 낟알들은
그야말로 알코올 냄새보다 빨리
조금 전까지의 미세 가루들을
모두 진화, 진압시켜 버린다.
이삭이 이삭을 삼키고 낟알이 낟알을 삼킨다
그는 부엉이 가시를 뒤집어쓴 채
외떨어진 떡잎의 부리 속으로 외출한다
쇠를 집어삼킨 백열등처럼 깜박이는 불 가시.
불개, 혼합 잡곡, 불개, 잡곡 바람 속에서
실개천의 맨발처럼 헤엄치다.
바람이 바람에 날리는 곳에서
그와 그들은
서로 마주 보고 있다
두 가지 얼굴
두 개의 가슴
두 개의 눈
폭신한 소리
기화되지 않는
그대를 잘 만났다
무게의

비가 내리는 이유

비 오는 새벽
바퀴 달린 의자에 몸을 기대곤
다리를 쭉 앞으로 내밀어 본다.
내 움직임에 바퀴가 눈을 뜬다.
의자가 뒤로 밀려간다

거실을 둘러보니

남아 있는 것은
그대로 남아 있고,
남아 있기를 바랐던 것은
남아 있지 않다

비는 말한다.
그래서 지금
내가 내리고 있는 거라고

자리에서 일어나
창밖을 본다
빗소리는 반짝이는 별이 된다

푸른 새순

배추, 당근, 감자, 양파, 상추, 고구마
길 위에 가지런히 놓였다.
그 뒤로는
나무로 도약하는 샛별과
그 주위를 휘도는 순풍이 볕이 되어 흐른다

배추, 감자
넌지시 웃는다.

발밑으로 번지며
풀잎 물이 번지며
껴안고
볕을 껴안고

감자, 고구마
설레어 웃는다.

땅 위를 넘나드는 녹색 목소리에
거미줄로 풀잎에 수를 놓듯
손끝이 부시다

청어

길거리에 놓인 수조 안에서
청어 한 마리가
수면 밖으로 머리를 내밀곤,

구름 위로 날아가며 그 위에서
바다 물새의 날개 같은 거대한 지느러미를 펄럭이는
백련어를 본다

순백의 날개와 눈빛과 몸짓이 하나가 된
있는 그대로의 그 모습을 본다
하늘을 날고 싶어서 하늘의 새가 된 그 새를 본다

수조 안의 또 다른 청어가,
거리를 지나다니는, 무형의 가시덤불을 본다.
구겨지고 헝클어진 수풀 조각들로 만들어진 그들은
수조 앞에 기다란 발자국을 남긴 채
그곳에 쌓인 과거의 물질 속을 헤치며 지나간다
청어는 망상과 같은 물속을
헤, 엄, 치, 다, 가,
눈물 속으로 사라져 간다
눈물 같은 허물 속으로 사라져 간다.

문을 그려야지
아무도 모르게 문을 그려야지.

그 문을 열고 밖으로 나가고 싶어

모든 게 지워지기 전에 청어는 문을 그린다
대양의 벌판 위로 흐르는 지난 시절의 물빛 파도를
가슴 한쪽에 새기며,
자신의 푸른 지느러미 위에
그 광활하고도 아련한
한 뼘의 문을 그린다

지느러미가 움직이는데.
등지느러미가 움직이는데
등 위의 그 날개가 움직이는데.

수조 속에서 몸을 웅크리고 있던
청어의 그림자도
구름 너머로 멀어져 가는 새를 본다
하늘을 날고 싶어서 하늘을 날게 된 하늘의 새를 보며
하늘의 새를 닮은 문을 그린다.

청어가,

풀숲의 구석진 바람 줄기처럼 희미해져 가던 청어가,

꿈을 꾸는 새가 되어

그 문을 연다

그러곤 그것을 깨뜨린다 무너뜨린다

기어이 문을 열어젖히고,

그 문을 열어젖히고,

두 눈에 가득한 바다의 눈물 위에 자신을 띄운다

보이지 않는 소리

누굴까

가지 위에
잠시 머물다 간 이
누굴까

바람도 없이
가지가 흔들렸는데

바람을 닮은
가지의 잎들이 흔들렸는데

바람과 같은
무언가가

공중으로 날아오르는 듯한
그 소리가
흔들렸는데

보이는 것은 나뭇가지뿐

누군가의 모습도,
바람 부는 날의 기억 속에
남아 있던 그 소리도

지금은 보이질 않네

그 기다림은 언제까지나

먼 산에 그리움이 있네
먼 산이 그리움을 보네

끝없이 멀어져 가는 산 위에서
사람들이 움직이고,
그들은
자신에게로 밀려오는 산의 음성과
자신에게서 멀어져 가는 산의 모습을
보네

그리려 해도
더는 그릴 수 없는,
다가가려 해도
더는 다가갈 수 없는
산은

먼 곳으로 떠나도
눈물 같은 그림자로 사라져도,

산은
고개 숙인 사람의 가슴에
언제까지나 남아 있네

사람의 품속으로 밀려드는
그리운 사람의 목소리

대나무

푸른 무릎 위에
별이 내리네

풀숲에 기대어 선
다리를 감싸며
별이 내리네

그 별의 목소리를
들을 수 있을까
만질 수 있을까
가까이 둘 수 있을까

별을 꼬리에 매단
잎사귀 하나가

밤의 다리를 지탱하고 있던
발가락을 간지럽혀
넘어뜨리며

어두워져, 어두워져, 어두워져 버린
순백의 어느 날을
하늘 위로 띄운다

빛으로 뿜어져 나와
피어오르듯 날아오르는
그 모든 보드라운 것들

그저 다만
그것에
휩싸일 수밖에

안개처럼
그 속으로
뛰어들 수밖에

선착장에 부는 바람

남자줏빛 바이올렛 향을 새벽마다 쓰다듬던
화단은 오늘따라 발가락을 부스럭대지조차 않는다
콧잔등을 간지럽히던 길 위의 정적이,
그곳에 고인 물과 맞닿으며 발가락 사이로 파고든다
잉크에 발을 담근, 생선 가시 같은 나뭇가지는
오늘 어떤 밤을 청하고 있는가.
그 화단에 드러누운 생수와 음료와
수건 같은 이부자리.
만지면 촉감은 있는데 뜨듯하지가 않다. 온기가 없다.
체온으로 어루만져 봐도 대답이 없고 제 이름만 있다.
자리에서 일어나려다가,
어제의 숨소리와도 같은 새벽의 잎줄기에
송두리째 조각조각 휘감겨 가는
그 어느 날의 그늘진 형상을 본다. 그러곤 그 모습 속에서,
하지 않은 것을 하는 것처럼 착각하게 해 주는
휴대용 영사기를 본다.
어느덧 그 속으로 빠져들어 가,
렌즈에 비친 얼굴을 보며
오늘 밤엔 세수를 하지 않아도,
손을 씻지 않아도 된다고 머릿속으로 판결한다.
그 판결에 동의하곤 만족감을 표해 본다.

손바닥으로 귀를 돌려막은

어떤 남자 하나가 제집 속으로 말려들어 가는 게 보인다.

그가,

앞에 널브러져 있던 울타리를 턱밑까지 끌어당긴다

빗물에 젖어

비 위를 걷네
빗물 위로 걸어가네

찔레꽃 내음이 어린
산새풀 빛깔의 빗물 위로
걸어가네

빗물에
빗소리가 녹아내리네

빗물에
지난날의 찬 바람 같은
숨결들이
녹아내리네

눈으로 헤아릴 수도,
두 눈에 담을 수도 없는
그 수많은
기억의 불빛이
그리운 것들에 파묻히듯

끝도 없이 나부끼며 그 어딘가로
시나브로 멀어져 가는,
새벽에 내리는 이슬비 같은
이 밤의 빗물이여!

한곳에 잠시 머물다가
어딘가로 흘러가 버리는
물결 바람 같은 수양버들 잎처럼

빗물 위로
빗소리 위로

꽃향기가
흘러가네

풀빛이
흘러가네

기억 속에 갇힌 새

깃 없다
날개깃 없다

섣불리
공중으로 날아오를 수도
무작정 문밖으로
뛰쳐나갈 수도 없는

갇힌
내동댕이쳐진
무너져 버린
존재

깃이 있어도
기억이 없고

기억이 있어도 날개깃이 없다

날 수 있다면
그럴 수만 있다면

두 발로 당당히 일어나

아득히 먼 옛 시절의 문고리를
깨뜨려 부수고
좁은 문을 밀치고 엎어
허물어뜨리고

하늘로
힘껏 날아오를 텐데

갇힌
내동댕이쳐진
무너져 버린
기억 속의 지난 순간들만이
그의 곁에 철제 더미처럼 쌓여 있을 뿐

모르타르 눈빛내기

정글 속에서 파도를 쏘았다.
바닷속에서 섬광을 쏘았다.
그 무엇으로?
낮의 엉겅퀴로
그리고 밤의 물갈퀴로.
줠부채를 손에 든 이끼들은
줄눈을 감았다가 다시 뜨고,
홍채를 접었다가 다시 펼치고,
휘어진 벽돌 위의,
증산작용이 정지된
방수 모르타르 줄기의 엽록체는
비탈진 퇴적층에서
멀어졌다가 가까워지기를 반복하며
간절한 계곡의 검불이 되어
밤의 유리콘덴서 속에 휘몰아치는
폭포의 가슴 너머로 내리꽂히며,
토사가 깔린 글라스 주변의 배기가스가
유리 면 아래로 곤두박질치듯
무너져 쏟아진다
척, 푸, 척, 푸.
웃는 척. 숨만 푸.

아니다, 그래,
천연의 나무 껍데기를 다시 찾은 것처럼
척척척.
남조류의 물결과 같은
은하 성운의 기슭으로 뛰어가다가,
균열 난 발밑의 시야 속으로 가라앉을 때
잠시 자세가 흐트러질 수도 있는데.
정글을, 바닷속을 헤치고 달려가
달려가 다가가 본 달.
녹아내리네
밀림 속 모르타르 콘크리트 위의 낮달이
녹아내리네.

어제와 같은 길

걸었다
수도 없이 걷던 길을
오늘도 걸었다

생각했다
수도 없이 생각하던 사람을
오늘도 생각했다

보았다
수도 없이 보던 풍경을
오늘도 보았다

느꼈다
수도 없이 느끼던 감정을
오늘도 느꼈다

오늘 걸었던 길은
어제와 같은 길인가

거울의 사유

모든 물체의 거울 속엔 나방이 산다.
그곳엔
나방 외엔 어떤 존재도 없다.

천장에 거꾸로 매달린 모서리의 선들과
거꾸로 흐르는 소리만이
이따금 거울 표면을 타고 미끄러지며
나방의 날개를 어루만질 뿐이다

어쩌다 한 번씩
거울 밖의 외떨어진 벽면이
나방의 시야에 들어올 때도 있지만

거울 밖의 세상을
마주한 적이 없기에
거울 너머의 세상은 알지 못하기에

나방은
그것이 외계에 홀로 선
본질의 표상이라는 것을
인식하지 못한다

다만,
나방은
거울 면에서 발을 떼지 않은 채
두 눈으로만 그것을 쫓으며
새벽바람처럼
거울의 사유 속으로 스며들 뿐이다

그 안에 투영된 태고의 가슴속에
자신의 날갯소리를
끊임없이 각인시키며

내 그리운 바다

바닷길을 걷는다

한 무리의 사람이 지나가고
또 다른 무리의 사람이
지나간 길

사람은 바람의 바다
사람은 물결의 바다

두 눈을 감고
바다를 바라보면
내 그리운 모든 걸 볼 수가 있지

내 그리운 사람을 만날 수가 있지

파도를 헤치고
물결무늬를 헤치고
지난 시절로 돌아가

내 그리운 사람과
얼굴을 마주한다

그 질문에 대한 답은

답이 지나가고 있다

아득히 멀리 있던,
기억의 그림자와도 같은
의문에 대한 답이 지나가고 있다

오랫동안 찾아 헤매던
그 답이
이곳을 지나가고 있다

답을 마주 봐야지
내가 찾던 답을

내 앞에 앉혀 두고 마주 봐야지

답을 찾았다는 설렘에
그 기쁨에

마음은
포근하게 내리는 눈처럼
한없이 아늑해져만 가는데

어느 순간
그 답에 대한 또 다른 질문이
머릿속을 스치고

별빛 나무

나방이 날개를 폈다가 접었다가 폈다가.
초승달이 보름달로 바뀌었다가 다시 초승달이 되었다가.

하늘엔 별이 있어
일렁이는 검자줏빛 물결의 품에 안긴
그 빛이 있어.

별과 빛이 한데 어울려
별빛 나무로 승화할 때

나방과 달은 서로의 날개가 된다.
불빛이 된다.

환희의 꽃가루를 맛보았던
그 빛보라 같은 순간이
나방의 다리로, 가슴으로, 등줄기로 뻗어가고
그것은 곧 루드베키아의, 프리지아의, 시네라리아의
순백한 증기가 되어
그의 양 날개 위로 피어오른다

산야를 덮으며 채우며 산 위로 공중으로 올라가는
그 끝 모를 구름 속의 형체

어느덧
저 먼 산등성이의 나풀거리던 옷자락은
희뿌연 그림자 속으로
서서히
그 모습을 감추고

새벽빛 창가

바람은 부는데
창밖의 비구름은 옅어지지 않아

열린 문틈 사이로
아련히 보이는
구름에 가려진 등불

비는
서서히 그쳐 가지만,
비에 젖은 유리창의 빗물 자국은
변하지 않네

이 단편의 시간은
새벽의 수많은 고개를 넘어 어디로 가는가

이 아득한 순간은
창밖의 긴긴 어둠을 지나 어디로 떠나는가

어느덧
창밖의 빗물은 들녘의 안개 바람처럼
사라져 버리고

창 사이로 비치던
이른 아침의 등불은

유리 면에 그려진 빗물 자국 위에
텅 빈 그림자를 드리우며
잊힌 날들의 투명한 외벽을 따라
흘러내린다

나뭇잎 위의 비

일어나 비를 보네
빗속을 헤치며 내리는 비를 보네
나뭇잎 위에 맺힌 빗물을 보네

나무 아래로 내려가지도,
공중으로 다시 올라가지도 못하는
안팎이 하나인 빗물

빗물을 보네
외면에,
그리고 내면에
첫눈 같은 나뭇잎을 흘리며
불꽃 같은 아지랑이로 피어나는
빗물을 보네

비스듬히 열린, 하늘의 창
그 아래에 가로놓인 평원 위에서

비와 같은,
잎과 같은
빗물을 보네

먼뎃불빛

지축이
흔들리고 대지가 요동칠 것을 안다
이제 곧, 진동의 빛 아래에
세상의 조각들이 놓이리라
아무도 들을 수 없는
어떤 이도 느낄 수 없는
가늠할 수 없는 떨림과 진동을 나는 들을 수 있고
느낄 수 있다.
곧 산 위에서 초목이 무너져 내리고
기슭마다 물길이 갈라져 공중으로 솟구치다가
내리쏟아지리라
나는 내 동료들을 한데 모아
우리가 나아가야 할 궁극적인 방향에 대해
회의를 시작하려 한다
사람들이 지어 올린 무수한 벽돌 더미에 균열이 가고
그것은 곧 그들의 문명과 함께 곤두박질쳐질 것이다
나는,
우리가 나아가야 할 길과
가야 할 곳을 주시하곤
산 같은,
계곡 같은 대기의 음성을 들으며
동료들을 이끌고 바람이 몰아치는 저 먼 곳으로
내달려 갈 것이다

물빛 바람 사이로

바라보리

물가의 둔치를 넘어온
바람 속에서,
버들잎처럼 나부끼는 꽃잎을
바라보리

물 튕기며
물 튕기며
물장구치는, 개울가의 잎들을
바라보리

그 모습들을 바라보리

바람에 흩날리는 꽃잎이 보이는 곳
바람이 꽃잎처럼 흩날리는 곳

그 곁에서
그 모든 것을 바라보리

나를 스쳐 간 지난날의 향기와
나를 지나쳐 간 수많은 날의 기억은
봄날의 푸른 잎처럼 다시 다가와
나를 어루만지며
스쳐 지나가고

비의 숲

비 숲이어라
나그네가 쉬어 가는 곳은
비 숲이어라

그곳에서
나그네는

빗물과 같은 수분과
빗물에 젖은 이슬과
빗물이 어린 눈물을 볼 수 있으리

비 숲이어라
나그네가 쉬어 갈 수 있는 곳은
비 숲이어라

빗물의 눈앞에
다가서는 숲

빗물의 가슴 속으로
스머드는 숲

빗물의 품속에서
잠이 드는 숲

그곳은
비 숲이어라

그의 곁에 언제나 머무는
비 숲이어라

그 하늘 아래에는

청명한 하늘, 그 두 눈에선,
지워지지 않는 들녘의 눈빛과 언제까지나 함께 하고픈
마음이,
보얀 겨울 입김을 머금은 구름처럼 증기처럼 피어오른다
언제부터인지는 모르나 하늘 아래에
사람과 사람의 가족과 그들의 울타리가 있다
눈발이 스러졌다가 서로에게 기대어 물안개의 너울처럼 일
어나는 한겨울에도 그들의 하늘은 청명하여라
짚으로 만든 삼태기 여러 개가 가지런히 놓여 있는 마당
한쪽에선 어미 소가 찬 바람을 쫓아 보려는 듯 혀를 내밀
어 콧잔등에 묻은 눈을 핥아 내고, 그 곁에 서 있던 나이
든 한 남자는, 눈밭 아래에 발을 파묻은 채 서 있는 지게
의 어깨를 다독이듯 그 얼굴을 지그시 쓰다듬는다. 지나
버린 옛 시절처럼 어미 소의 품속에 머물러 있던 어린 것
은, 더는 추위에 움츠러들 수 없다는 듯 얼어붙은 도리깨
같은 꼬리를 흔들며 잠에서 깬 밀잠자리처럼 어미 곁을
맴돈다.
색이 바래진 지붕 위에선 연기가, 바람에 밀려왔다가 밀려
가는 계절의 옷깃처럼 너풀거리고, 어느덧 해가 집 앞의
둔덕 너머로 기울어 가자, 소의 곁을 지키던 남자 옆으로
아이 서넛이 긴 그림자를 앞세운 채 달려 들어와 "할아버
지요, 할아버지요!" 하고 소리쳐 부르곤, 지워지지 않을 눈
꽃 같은 얼굴로 그의 팔에 안긴다.

낮에서 밤으로 향하는 하늘과 그것을 감싼 공기는 여전히
청명한데, 볏단을 이고 마당에 들어서는 아들의 발걸음 소
리는 들녘에서 불어온 바람에 젖어

벼 잎에 젖어 사람들이 지나온 논둑길처럼 흐르며, 금빛
으로 물드는 환한 내음을 땅의 사람과 땅 위의 사람에게
전하고, 어미 소의 젖은 두 눈은, 앞산 저 너머에서부터 불
어오는 산야의 바람에, 논밭을 가로지르는 개울처럼 흰 물
결을 일으킨다.

아들의 아들과 아들의 딸은 제 아비의 아비 품에 안긴 채
소의 젖은 털을 쓰다듬으며, 지키려 하면 할수록 아련해지
는, 저물어가는 저 먼 기억을, 부여잡듯이 매만진다.

지붕 아래 문이 열리고,

아이들을 부르는, 연기 속의 온기 같은,

그립고 아련한 그 목소리.

마당 한쪽에 한데 모여

제 몸에 내려앉은, 뜨물에 젖은 겨울 털 같은 지난날을 바
라보던 오리며 닭이며 개들이, 집 안으로 달려 들어가는
아이들을 피해 사방으로 뛰어다니다가, 이내 덩달아 신이
난 듯 저마다 연신 소리 내어 목청을 높이고,

그들의 아버지와 그 아버지의 아버지는,

그곳의 정경을 품속에서 익히듯이

어린 것들 뒤에서 자신들의 그림자를 마당 한쪽에

드리운 채, 눈 날리는 하늘이 내린 마음을 품는다.

그 마음이 살아서

살아서 사람에게로 가는데

소들이 사람의 손등을 핥는다 눈 내리는 겨울을 안는다

그 온기는 가슴에 눈비를 내리고

루드위지아

수초를 다듬어서 바닥에 내려놓는다. 그러곤
수초에 묻은 모래 속의 물풀 소리를 털어 낸다.

바닥에 흩어진 모래 속에서
물빛 빗소리와 물꽃 노랫소리가 들려온다

저 먼 곳의 푸른 물녘을
눈앞의 모래톱에 갖다 붙이듯
바닥에 엎어져 있던,
청신한 내음이 메아리치는 은빛 껍질에
날빛 입김을 붓는다

수초 다발 속 제멋대로의 수초들이
서로의 몸에 자신을 비비며, 서로에게 의지하며,

오후의 해를 쪼개듯
물살의 숨소리가 물가의 잎자국을 집어삼키듯

발밑의 수분에 파장을 일으키며,
그 수많은 낮과 밤을 껴안는다

추워요 햇살이 다가와도 추워요
하지만 아무렇지 않게 물속의 해를 바라볼 뿐이죠

한 사람이
수초를 다듬어서 바닥에 내려놓고
바닥에 또 내려놓고

별이 내리는 숲속의 늪숲가

물방울을 머금고
물방울을 본다

달과 구름,
산과 별이 비치는 호수 위로

물잠자리
두어 마리가

수면을 스치듯
날아오르고

꽃바람을
물바람을 타고 온
단풍딸기, 으름 향내가
달과 산, 구름과 별을 적신다
-
봄비를 마중 나온
줄꼬마팔랑나비처럼

이슬비에 입 맞추는
다정큼나무 잎처럼

호수 위로 흐르는 정경은,
그 향기로운 빛깔은,

투명한 물방울이 되어

코끝을 간지럽히듯
두 뺨을 어루만지듯

숲속의
착하고 보드라운 숨결들 위로
별빛 방울을 튕기며
내려앉는다

바다의 빛깔

뗏목 위에서의 첫날 밤이 지나가고 있다.
동승한 한 사람이 나더러
내일 비가 꽤 많이 내릴 것 같으니 그전에
뗏목을 좀 손보라고 말한다.
도대체 무얼 손보라는 건가! 나는 뗏목에 처음 탄 데다가
이 탈 것에 대해선 전혀 아는 게 없는데.
또 다른 한 사람도 그의 말을 거든다. 가장 혹독한 날씨를
곧 맞닥뜨릴 것이니 대비해야 한다며
구릿빛 목소리로 밑바닥의 통나무를 자갈 굴리듯 튕긴다.
나를 제외한 두 사람은 적어도 나보다는, 이 뗏목으로 태
고의 검푸른 바다를 항해하는 데 있어선 그 나름대로 전
문가요, 대선배인 건 분명하기에, 그들이 내게 그런 일을
시킬 때에는 제법 이치에 맞는 어떤 이유가 있는 게 아닐까
하는 생각이 머릿속을 스친다.
그래, 어쩌면 나도 이 배 위에서 뭔가 저들에게
도움이 될 수도 있을지 모른다.
하지만 지금 내 두 손은 배 위에 맨 처음 올랐을 때처럼
물에 젖은 통나무 바닥을 여전히 꽉 붙들고 있고,
몸은 납작 엎드린 채,
바다의 파도 소리가 미끄러지듯 굽이쳐 흐르는
심해의 얼음 평원으로

내리박히지 않으려 안간힘을 쓰고 있을 뿐이다.
무엇이 나로 하여금 그런 말도 안 되는 착각 속에
발을 내딛게 하는가.
내가 무슨 수로
폭풍우란 녀석의 입속으로 헤엄쳐 들어갈 뗏목에게
바다와 육지를 잇는 깃털을 달아 줄 수 있다는 것인가
차가운 밤은 지금도 발밑의 물소리와 함께
저 밑을 스쳐 지나가고 있는데

숲의 소리

빈 테이블에 놓인 숲의 공간 속으로 걸어 들어간다

가시덤불이 드리워진 가시고기의 입상들에게서 건네받은
부서진 수초들의 숨결들을 모아
녹아내리는 피드몬트 고원의 삼각기둥에
갑옷 조각 속의 거미줄처럼 붙여 둔다

땅바닥에
그림자의 맨발과 같은 비가 내린다
맨발의 비가 내린다
하층토로 향하는 동력 회로에는
눈 밑이 샛말간 빗줄기의 무표정이 기록된다

철제 난간에 콧날을 기댄 채
불볕의 협곡 같은 계단 아래로 무릎의 한숨 소리를 투하한다

바람처럼 지그재그로 휘어진 계단을 집어삼킨
바닥의 먼지들을 모아
회전하는 고원지대의 등허리 위에
입 다문 맨홀 뚜껑처럼 붙여 둔다

굽이진 불길의 잔해 속으로 가라앉은 숲과
그 숲을 둘러싼 산을 지나
물기에 젖은 화살표 속의 손가락 너머로
멀어져 가는
그 기억의 소리……

소리가 소리를 창밖으로 내던지듯
소리는
소리를 내뿜으며,
소리가 소리를 조율하듯
소리를 통제하는 것을 멈추지 않는다

우각산에 비가 내리면 다시 외로워질까

상공의 잿더미

최초의 거울이 깨진다
벌겋게 달아오른 충혈된 불그림자.

상공으로 치솟는다
고도의 산맥에서 자라난 철 지난 선박들이.

이제 그 낡은 탈 것에서 하선하라.
새로운 배로 갈아탈 시간이다. 물장구를 칠 시간이다.

점벙거려 본다 고요한 잿더미 속에서
신이 난다 퀘이사의 선원들

그들의 발아래로
은하단의 지느러미 같은 잿더미가 흩어진다

최초의 거울이 깨진다
그들은 항로를 정한다
사라진 산호바다의 연기 속으로 뱃머리를 돌려라.
고대의 질서와 조우할 시간이다.
그곳을 향해 노를 저을 시간이다.
미지의 항로로 나아가야 할 시간이다.

점벙거리다가 이내 첨벙거린다
퀘이사의 용사들

성운의 잿더미 속에서
그 소리도 커진다

최초의 거울이 깨진다
고립된 차원 속에서 바라본 수많은 반사체 조각
손에 닿을 듯 닿지 않는 래버러토리의 순간들
퀘이사의 형상들은 그곳에서 한참을
머뭇거려 본다

눈 가린 행성 공간에 발을 댄 채,
거대한 구조물에 매달려 있는 홍채들처럼
태양풍에 몸을 싣고 이리저리 몸을 움직여 본다

저 밑바닥을 기어가던 나선형의 회로들은
입을 꼭 다문 콘크리트의 기포들처럼
등껍질 속의 무기질과 우무질을 갈퀴질하며
철탑처럼 용맹한 유형체의 그들을 맞는다

이윽고
그들의 기억이 깨진다

최초의 입자가 깨진다
최초의 유리가 깨진다
최초의 불빛이 깨진다
최초의 거울이 깨진다

잔상이 아니려나

선한 마음의
눈빛으로

물 위를 걷는구나

아무도 흉내 낼 수 없는
네 몸짓

이른 봄의
라일락 향기와 같아라

어쩌면
너는

희미한
빛 속에서
피다 만

물빛
잔상은 아니려나

빗소리

찬비
소리를 낳는 비
불타는 비
빗소리 위에 누워서 달린다
잠든 채
비의 소리를 들으며
그 빗속의 터널을 달린다
광활한 물빛 강변을 지나
아득하리만치 희읍스레한 안개 계곡을 넘어

저 혼자서
발도 없이 공중에 떠 있는
비탈진 그 어느 날의 밀짚모자와도 같은,
어슴푸레한 안개구름 속의 산 위로 올라선다

비구름이 밤바람처럼 너울대는,
이끼가 물그림자처럼 깔린
그 산 위로 올라선다.

둘러봐도, 돌아봐도

그곳에 서 있는 나뭇잎 하나 없고
수분에 젖은 나뭇잎 하나 없고.

있는 게 없어서 없는,
경계가 없는 산

이끼들이 줄지어 발소리를 낸다
그 소리 위에 빗물이 고인다.

그 옛날,
밤을 안아 주던 달빛의 손길처럼
빗물은 잠을 깨우고, 깨뜨리고,

안쪽으로부터 차오르는 이끼의 조각들, 조각들
하나로 뭉그러지며 피어오르는 소리

어느덧
산을 에워싸고 있던 비구름이 걷히고,
산 위에서 잎줄기가 숨소리처럼 공중으로 떠오르며
기지개를 켠다

바다는 언제나 우리 곁에

같은 자리를 맴돌다가 다른 곳으로 가지 못하고
더 나아가지 못하고
맨 처음의 그 자리에 나는 서 있네

바람을 타고 왔는지, 모래 빛에 이끌려 왔는지
알 수 없는 파도 소리는
오늘 밤에도 해안에 와 닿으며
끝을 가늠할 수 없을 만큼 아득한
새하얀 꽃물결을 이루는데……

나는 그 모습에서 눈을 떼지 못한 채
물 위로 이는 꽃들의 빛 내음에 손을 갖다 대 보려 하지만
그것은 한자리에 머물지 않고
바다의 노래가 머무는 어딘가로 길을 찾아 떠나 버린다

나는 그러지 못하고,
파도의 길을 가로질러 드넓은 평원으로 나아가
그곳에 발을 내딛지 못하고

밀려왔다가 밀려가는
피어났다가 공중으로 날아오르는
꽃잎들의 노래만을 바라볼 뿐.

바다는 언제나 우리 곁에
바다는 언제나 우리 곁에.

나 자신이 늘 같은 자리에 머무는 듯해서
내 모습이 어제와 다르지 않은 듯해서
한없이 고개를 떨구고만 싶을 때에도

그대가 이곳에 서 있기에
내가 더 푸를 수 있다고 바다는 말하네
자신을 바라봐 줄 이가 있어
오늘도 푸른빛으로 물결칠 수 있다고
그가 말하네.

수면에 비친 지금의 모습이
아무 의미가 없는 듯해도
하찮아서 아무도 눈여겨봐 주지 않는 듯해도

쏟아지는 빛 속으로 스며드는 파도를 바라보며
바다 앞에 온전히 서 있는 그 순간이야말로
그것만으로도
더없이 충만한 가치가 있다고
바다는 말하네.

나를 스쳐 간 사람에게서,
그대를 돌아봐 주지 않는 눈동자에게서
건네받은 잎새가

설령 색이 바래지고
거친 바람에 휩쓸려 버릴지라도

바다는,
그 무엇으로도 바꿀 수 없는 의미가
우리에게 있다고
눈부시게 하얀 물결로 만든 꽃다발을
우리 품에 안기며 말하네

그대 곁에는
언제나 바다가,
끝도 없이 밀려오는 푸른 바다가
멈추지 않고 물결친다고
바다는 오늘도
노래하네

새벽빛으로 물드는 강가

새벽이 내린
테베레강의 다리 위에 서서
강물 위로 흐르는 불빛의 날개깃을 보네

어딘가로 길을 떠나는
물새의 무리

그들은
어른거리는 깃털의 그림자를
물가에 그대로 남겨 놓은 채
어디로 떠나가는가

물가를 스치는
바람 소리가 들려온다
그 소리를 닮은 바람이 불어온다

에메랄드빛 루피너스의 빛깔처럼 투명한 꽃내음을
물 위에 덧칠하며 불어오는 바람

내 시선은 어느새
구름의 언덕 같은 그 바람 속으로 향한다
지면 위에 내동댕이쳐져 있던
새벽녘의 첫발자국과 함께.

아무도 없어
아무것도 느낄 수 없어

다만, 강물의 잔무늬만이 소리 없이
지난밤의 아득했던 순간들을 어루만질 뿐.

새벽빛으로 물드는 테베레강의 다리 위에서
나는
강물 위로 흐르는 불빛의 날개깃을 본다

초원의 눈

껌벅 뚜벅
눈 걸음 한다
껌벅 뚜벅
두 눈이 제자리걸음 한다
시선 사이로
몰아치는 그 순간 사이로
피어난 작은 꽃잎은
만물을,
우주를 보았지
그리고
그것이 바로 자신임을
들이치듯 소용돌이쳐 휩쓸리며 밀려오는
그 모든 영상 속에서
느, 낀, 다
매듭이 풀리듯
봄눈이 녹아내리듯
대지가 열린다
껍질이 깨진다

잊을 수 없는, 잊어버릴 수 없는,

그 무엇으로도 지울 수 없는,

무구한 가슴 속의 목마름.

꽃잎은, 도약하는 숨결이 되어,

아래로 더 깊은 아래로

쉼 없이 유영하며 흐르는 바다 쪽으로

손을 내밀며,

온몸을 내던지듯 그 속으로 뛰어든다

손가락이,

향기로운 손 마디마디가 펼쳐지며

뻗어 나가며

그 촉촉한 풀빛의 습지에 가 닿고,

어느덧

파란 환희가

열린 꽃잎이 되어

뿌리를 가르며

솟구쳐 피어오른다

새로워진다

소리도 없다. 과정도 없다.

날마다 다른 모습으로
내 눈에 비쳐 온다.
어제보다 더 맑은 하늘
더 꽃다운 솔나방
더 발그레한 해바라기

그 소리를 들을 수는 없어도
볼 수는 없어도

모든 숨결은 하루 내내
자기 자신과 마주하고 서서
세상을 공평하게 비추는 햇살만큼
값진 자기 몫을
차곡차곡 눈앞에 쌓아 가는데

보이지 않는다고
들리지 않는다고

그 여정이 사라지진 않아
더 선명해질 뿐

오늘이 지나면,
더 반짝일 하늘
더 새로울 솔나방
더 눈부실 해바라기

과정이 있다. 소리가 있다.

풀잎을 찾는다

풀잎을
줍는다
그러곤
또 있나 살핀다, 허리를 구부리고.
어깻죽지가 찌뿌드드하다
아침이 무겁다. 내 눈이 바라는 것을
다시 찾는다
열이 오른다, 후끈거린다,
공기 표면에 눌어붙은 눈썹이 부르르 떨린다
잠시 머뭇거린다.
풀잎이 별로 없는 줄 알았는데 집 주변엔 온통 풀잎뿐이다
그것을 주울 수 있다고 생각했는데,
줍고 나면 무엇을 주웠는지 인식하지 못한 채
또다시 허우적댄다. 가파른,
아침 공기가 공중에 직선을 그으며,
지면과 수평이 돼
어로 위를 가로지르는 남녘의 푸른 지느러미 떼처럼
대기 위를 떠간다
그것은,
지금 풀잎이 서 있는 곳 밖으로,
아니, 그 풀잎이 서 있어야 할 자리 밖으로
무언가에 떠밀리듯 밀려간다

잠시 나를 설레게 한다,

목초밭 같은 바람이.

자꾸 불어오는 것을 보니,

물기에도 젖지 않는 풀 한 포기를 지니고 있다, 이 녀석도.

뜯어도, 다듬어도 언제나 제대로인 풀잎

가파른, 푸성귀 같은 아침 밥상을 그리며, 주웠던 풀잎을

나도 모르게 집밖에 내버린다

나는 곧추선 채 밥에 물을 붓고는 후루룩 마시고

얼른 밥상을 치운다.

공기의 허리 중간쯤에 눌어붙은 내 허리가,

꼿꼿이 세웠다고 생각한 허리가

달리기 시합 때마다 매번 머리를 푹 숙이고

갈퀴진 가랑잎처럼 둔한 운동신경으로 너풀대며 달렸던

그 시절의 모습처럼

구부정하게 선 채

물소리 같은 웃음으로, 비어 있는 남은 자리마저 발 앞에

내던져 버린다

불현듯 떠오른, 내 잃어버린

그러나 정작 잃어버리지 못한 풀잎을

찾으러

길을 나선다

맨해튼 트럭

맨해튼 트럭이
짐을 실어 나르네

정글 풀숲을 트랙터로 빗질하듯
도시의 이곳저곳을 트럭이 누비네

가로수로 심어진 비탈진 들판의 시선과
가로등 불빛보다 아득한 계단의 응원을
한몸에 받으며
게슴츠레하게 색이 바랜 기침 소리를 흘리며

게 다리를 덮어쓴
모노케로티스와
레티지아와
알로에 브레비폴리아 불길을

모퉁이처럼 꺾인
허벅지에 매단 채

산화된 먼지가 내리깔린
고대 삼엽충의 거대한 등딱지 위를
트럭이,
질주하듯 내달려 가네

바다 저편의 그 눈빛

바람이 불어와 나를 깨웠다
구름이 다가와 내 손을 잡고
청명한 새날의 남녘으로 나를 이끌었다
파도가 밀려와
내 허전한 어깨 위로 흘러내리며 내 지난날을 보듬었다

엉클어진 하루를 털어 내고
시름을 걷어 내고
나는
바다의 눈부신 향기를 껴안는다

바다의 소리를 닮은 바람과
바다의 품속에 안긴 구름과
바다의 빛깔이 어린 파도는 늘 내 곁에 있다

사방이
차갑고도 어두운 정적의 외벽으로 막혀 있어도
저 푸른 물결이 내 앞에 있기에
바다 너머의 그 눈빛을 그릴 수 있다

저녁 연기가 자욱하게 내리깔린
광막한 불연의 기억 위에 홀로 서 있다 해도
저 푸른빛이 내 곁에 있기에
바다의 그 빛을 온전히 느낄 수 있다

푸른 물그림자

저 먼바다에서 폭풍이 몰려온다
희푸른 새벽 하늘가에서 폭우가 쏟아져 내린다
끝없이 폭발하는 빗물의 머릿결

눈을 떠야 하리
닫힌 창을 열어야 하리

빗속의 사람이
잠에서
깨어나 눈을 뜬다

빗속의 사람이
잠에서 깨어나
빗속의 새벽을 맞는다

너의 눈동자를 스쳐 가던
그 사람과
너의 눈동자에 비쳐 오던 그 모습을
너는 기억하고 있지

안개가 새벽빛 속에 잠기듯
비안개가 새벽녘의 품속에 안기듯

네 눈동자에 젖고 싶어
그 새벽의 눈빛에
다시 한번 젖어 들고 싶어

또다시
폭풍이 몰려온다
폭우가 쏟아져 내린다
폭발하는 빗물의 머릿결

비에 젖은, 이른 아침의 볕이
유리문을 지나
실내의 작은 창 앞에 내려앉네

뭍을 떠난 새벽의 빗물은
어느덧
바다 저편의 그 눈빛 너머로
멀어져 가고

깨지지 않는 나무

길을 걸어가는데
유리 면 속의 나무가 보이네

길을 걷고 있는데
유리창에 비친 나무의 눈빛과 음성이 보이네

내 모습은 그대로인데
내 하루는 어제와 같은데

지난날의 나는
지금의 나와는 같지가 않아

길을 걸어가는 사람들은
전날과 같은 길을 걸어가고

길을 걷고 있는 사람들은
기억 속의 어느 날과 다르지 않은 모습으로
여전히 그 길을 걷고 있는데

길을 걸어가는
나무들의 숨결은 보이지 않아

다만,
나무들 사이로 고개를 내민
하루의 잔상만이
두 눈에 비칠 뿐

밤의 연회

낯익은 얼굴의 한 노부인이 내 앞으로 손을 내민다

시가 하나 할라우? 나는 도무지 이걸 못 끊겠어.

흰 머리칼의 그녀가 내 등 뒤쪽으로 멀어져 갈 때쯤

이름 모를 숲에서 펼쳐졌던 연회가, 그 어느 날의 파티가
눈앞을 스친다

블랙 슈트를 말쑥하게 차려입은 한 남자가 자기 앞에 드리
워진 연기를 걷어 내더니, 내게 성큼성큼 다가와 자기 손
에 들려 있던 손바닥만 한 카드 한 장을 내민다. 나는 그
것을 건네받지 않고 그의 얼굴을 주시한다. 저 안으로 들
어가시면 됩니다. 남자의 손가락이 가리키는 숲속으로 발
걸음을 옮기는 동안에 그의 손에 쥐어져 있던 무엇인지
알 수 없는 종잇조각과 어딘지 모르게 익숙하게 느껴지던
남자의 얼굴이, 뚫려 버린 종이처럼 매끄럽지 않은 모습
으로, 시든 세인트폴리아꽃 향기처럼 발자국 위에서 너울
너울 피어오른다. 주위를 둘러보니 온통 거먼빛의 나무와
풀들뿐. 걸음을 옮길수록 시야를 죄어 오는 숲의 형상들.

침엽수림을 지나, 낙엽침엽수림을 지나, 낙엽수림을 지나, 낙엽활엽수림을 지나, 상록활엽수림에 다다랐을 즈음, 숲 속의 연회 장소와 그곳에 있는 보이지 않는 별빛 두건을 쓴 사람들이, 눈의 창을 열어젖히며 눈 속으로 구깃구깃 스며들어 온다. 그리고 그날의 주인공이, 주연답게 번쩍거리는 그가 제 손아귀 위의 술잔과 어울리는 와인병을 하나 들고 서 있는 모습이 보인다. 그의 입술은 닫혀 있지만, 그 손가락은 한시도 쉬지 않고

무언가를 계속해서 중얼댄다.

아는 사람을 찾아 고개를 두리번거려 보지만, 그 아는 사람이 그날따라 모르는 사람이 돼 있다. 그래도 여기까지 왔는데. 그들과 어울리지는 못해도 그 속에서

길을 잃지는 않아야겠다는 생각에 마음을 가다듬고

산갈나무 잎사귀처럼 너울대는 숲의 단면 속으로

더 깊이 발을 내디디려는 찰나

그들 무리에서 한 여자가 뛰쳐나오더니, 막다른 곳을 향해 내달리는 검은토끼박쥐의 땅굴처럼 숲과 나 사이의 수평선 위에 한여름 새벽 연기 같은 모습으로 엎어져 버린다. 간밤의 바람 소리처럼 나부끼던, 내 눈길은 그녀에게 손을 내밀고 여자의 몸을 부축해 일으켜 세우고 있는데, 정작 내 몸은 서 있는 그 자리에서 조금도 움직이지 않은 채, 넘어져 있는 여인을 바라보고 있다. 무얼 주저하나. 다른 사람의 시선을 의식해 도움이 필요한 이를 돕지 못하는 것인가. 아니면 나도 저 여인처럼 숲의 바닥에 내동댕

이처져 버릴까 봐 두려워하는 것인가.

나무 숲속에서 가장 거대해 보이는, 줄기와 가지 대부분
이 휘어진 고목 하나가 빈정거리듯 사람들에게로 다가가
바닥에 쓰러져 있는 여자를 일으켜 세우라고 윽박지른다.
내 손인지, 아니면 다른 사람의 손인지 알 수 없는 손 하나
가 넘어져 있는 그녀에게로 다가가려 하자,
나이 든 그 나무는, 어둠이 깃든 숲 전체를
한순간에 집어삼켜 버릴 듯이
수염이끼의 미뢰 같은 자기 뿌리를 사방으로 내뻗으며,
그곳을 사막의 비탈진 모래 언덕처럼
송두리째 휘청이게 한다.

잠시 후 사람들은 저마다 자기 마음에 드는
나뭇잎 조각을 하나씩 손에 쥔 채 숲 밖으로 뛰어나가고,
내 시선도, 그리고 넘어져 있던 여자의 시선도
그들과 함께 그곳을 벗어난다.

숲을 빠져나왔다는 안도감도 잠시,
내 눈앞에 펼쳐진, 저 또 다른 숲은 무엇인가!

푸른 파도

바다로 나갔다

어디서 왔는지
빛의 파도가 뱃머리에
와 닿는다

잔잔한 바람을 어루만지는
아침처럼
잠잠한 파도를 감싸 안는
구름처럼

고요히 일렁이는 파도

하늘과 같은 바다를 가르는
희푸른 물결 너머의
그 아득한 물결이여!

멀어져도
멀어지지 않을 눈물 같은 바다는
바다의 투명한 물빛 소리 위로 흐르고,

파도 위의
배는

푸른빛으로 물결치는
멀고도 먼 바다의 연원을 향해

그 끝없는 항해를 시작한다

다울래기리

터릿 선반 위에는
헝클어진 어둠의 하루가 놓여 있다.
고개를 들어 먼 훗날의 구름을 본다.
그러곤 그 구름에 가려진 히말라야 산맥을 본다
산맥을 따라
그곳의 협곡 사이로 밀려드는,
그 가마아득하고도 묘원한 계곡풍 속의 구름 섬 하나가
내 시야 속으로 들어온다
비탈진 벼랑 끝의 고즈넉한 평원과도 같은
구름 섬
내 무의식 속에서 웅크린 채 잠들어 있던
제삼의 눈이 깨어난다. 그러곤 그 눈은
곧 그 섬으로 걸어 들어간다.
눈앞에 펼쳐지는 짙은 구름 사이로
실체 없는 나무들의 틈새가 보인다.
그 나뭇가지 사이사이로는
수많은 공간과 여백이 늘어지듯 흘러내린다.
바람의 활을 당겨라. 손에 힘을 주지 말고 당겨라.
그것이 설령 먼 곳으로 튕겨 나가더라도
그리고 그 화살이 보이지 않게 되더라도
공간은 깨지지 않는다. 무너지지 않는다.

틈새가 출렁인다 여백이 물결친다

그 연속된 공간은 동작을 멈추지 않고

험준한 불모지대의 어스레한 환영처럼

섬의 외곽을 따라 흐르며

음영 없는 나무줄기를 곳곳에 입힌다

겨울이 내린 상록침엽수림에 다가서는 윌크리퍼처럼

내 손은 주저 없이 그 흐름면 속으로 자맥질해 들어가고

그것이 내 손끝과 맞닿는 순간

공간의 지류는 불꽃처럼 타오르며 섬의 손등에

기체의 지글거리는 파장을 칠한다.

나무가 곧 섬이고, 섬이 나무인 섬. 나무와 섬이 하나인 섬.

불처럼 타오르던 나무의 액체 표면은 어느새

거대한 해일 앞에서도 물러서지 않는 나무의 섬이 되고,

나무의 육지가 된다.

찾아도 찾을 수 없는 존재가 머무는 그 섬에서는

어느 누구도

나무의 형체 외에는 그 어떤 다른 숨결도 찾을 수 없고

잃어버린 제 시간의 지반도 찾을 수 없다.

나는

다시 고개를 들어 먼 훗날의 구름을 본다.

응축된 초저온의 찬 바람마저도 삼켜 버리는

가파른 협곡 사이에서

거센 바람은 또다시 불어오지만,

먼 날들의 구름은

더는 멀어지거나 옅어지는 과오를 범하지 않는다.

분파된 그 바람 속에서도

향기 없는 몸체로 그곳을 지키던

그 아득하리만치 먼 구름은,

어느덧 선반 위에

맑게 갠 하늘 벌판의 조각 무늬를

덧입히며

만년설처럼 다시 타오른다

아침의 눈동자

떠다니라 했다

물속에 발을
담그고만 있지 말고
물 위를
떠다니라 했다

물 밑에
지난날의 빈 그림자를
조금도 남겨 두지 말고
물 위를
떠다니라 했다

떠다니다가

신념에 찬 눈동자를
만나거든
그 눈을 주시하라 했다

그 눈동자가 되라 했다

별을 쫓는 나방의 날개를 보았다

오늘은 밤하늘을 올려다보아도
별 하나 보이지 않는다.
모두 어디로 간 걸까?
물감으로 덧칠한 듯
흐린 빛으로 너울대는 하늘과 바다

바닷가 모래사장과 맞닿아 있는
산책로 위에는
가로등만이 띄엄띄엄 서 있을 뿐
그곳을 지나다니는 사람도
눈에 띄지 않는데

어디서 왔는지
희읍스름한 빛깔의 나방 무리가
가로등 아래로 몰려들고선
불빛으로 샤워를 한다.
씻으면 씻을수록
몸은 여름 볕처럼 뜨거워져 가도
그 손짓은 지칠 줄 모르고

별빛이 그리웠던 것인지
그 빛으로 몸을 적시고 싶었던 것인지

다만,
위안처럼 번져 가는
어스레한 불빛 속에서
나방들은 오늘도 날개를 씻는다.

새벽 소리

연못가에 서서
새벽의 소리를 보네

거실 의자에 앉아
새벽의 소리를 듣네

빗물을 뚫고 나온 푸른빛에
입맞춤하려는 자도

횃불을 몸에 감고 새벽 속으로
걸어 들어가려는 자도

이 새벽엔
모두

흩어지지 않는 연못의 안개가 되네

퇴색하지 않는
창가의 물소리가 되네

안개는 고개를 들어
희뿌연 발 아래에 놓인 연못을
바라보는데

밤이 새도록

아득히 깊은 시간

이 밤에
누가
어둠의 그늘진 소곡을 연주하는가

저 먼 곳에서
들려오는 오르간 선율

누가
이 늦은 시각에
오르간을 연주하는가

알 수가 없다

밤이 내린
호숫가의 연잎처럼
버들잎처럼

창밖의 어둠 속으로
스며드는
그 소리의 울림이

어디서 오는 것인지
누구의 것인지

알 수가 없다

그 알 수 없는 이의 소리 속으로
나도 모르게 빠져들어 가

그 아득히 깊은 소리를
듣는다

나만이 모르는
그 소리

그리고
나만이 듣는
그 소리

구름에 젖어

날개, 기하의 날개
패랭이꽃, 날개의 패랭이꽃
반짝이는 불빛이 벌레의 몸에 반사된다

구름 사이로 피어오르는
허여스레한 수증기의 빛깔을 쫓아
공중으로 날아오르는 작은 벌레

굽이진 기류의 눈썹 사이로
조각난 비바람의 숨결이 스며들듯
고요의 손등에 어린 구름이
소리 없이 너울너울 물결친다.

벌레의 날갯짓에 맞춰
패랭이꽃이 구름 속을 누비네.

어느새
날개바람과도 같은 그 구름 속을 헤엄치는
벌레.
흐른다 흐른다 그 바람 위로 꽃잎의 빛깔이 흐른다
제 몸에 묻은 풀잎을 털어내듯
벌레는 마음속의 잎자국을 눈물로 닦아 낸다

어제의 그는 어그러진 벽이 된다
푸른 잎사귀 속의 기억은
소리 없이 흩어지는
하루의 표정이 된다

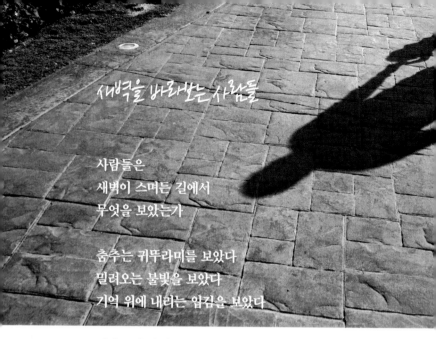

새벽을 바라보는 사람들

사람들은
새벽이 스며든 길에서
무엇을 보았는가

춤추는 귀뚜라미를 보았다
밀려오는 불빛을 보았다
기억 위에 내리는 입김을 보았다

사람들의 발걸음 소리는 하나둘씩
거리의 나무들 사이에 드리워진
검푸른 그림자의 발등 너머로 멀어져 가고……

춤추던 귀뚜라미는
제 몸짓만 남기고,

밀려오던 불빛은
빛 조각만 남기고,

기억 위에 내리던 입김은
흰 온기만 남기고,
그곳에서 사라져 간다.

모든 것이 사라져 간 거리에서
새벽은 그들에게 무엇을 보여 주었는가

별빛 아래서

안개 속을 걷는 듯해
아니야,
새벽빛이 내린 길이야.

새벽길을 걷는 듯해
아니야,
바람이 부는 길이야.

바람 속을 걷는 듯해
아니야,
별빛이 쌓인 길이야.

그 길에서
안개를, 새벽을, 바람을
흘러보내고
별빛이 환한 그 길을
다시 걸어가면 되는 거야

꽃과 바람 사이로

눈에 띈다
빛깔이

선명해
그 모습이

오늘도 너는
숲으로 통하는 주황색 문을 연다

서로 마주 보는
꽃과 바람 사이로

그들의 시선이 교차하다가
맞부딪쳐 반사되며
풀숲에 무수한 채광창을 그린다

그것은 이슬방울같이
구름방울같이
나뭇잎에, 풀잎에 내려앉았다가
흩어지기를 반복하며
호수에 드리워진 햇살 무늬처럼 반짝이고

꽃향기를 실은 바람은
바람결을 품은 꽃잎은

오색 매듭처럼 서로를 보듬다가
어루만지다가
팽글팽글 회전하며
연못 위의 가시연꽃처럼
숲에 동그란 무늬를 입힌다

폭포수

밤이 오면
별빛으로

낮이 오면
풀빛으로

다시
태어나

그 넓은 하늘
다 마다하고

아래로
아래로 가지를
내리뻗더니

기어이
제 몸을 무너뜨려
부서뜨려

순백의 꽃을
피운다

새벽의 날개

화식조의 두 눈에 모래바람이 비친다
화식조의 눈앞으로 모래벌판이 펼쳐진다

내가 어디에 있는지 알 수 없어
내가 무엇을 바라보는지 알 수가 없어

화식조는 두 날개로 모래바람을 가르며
두 다리로 모래벌판 위를 걸어간다

모래가 이는 지면 위에 길게 드리워진
화식조의 그림자가
점차 나무의 형상으로 그 형태가 바뀌어 간다

짙은 모래바람 속에서
화식조의 커다란 날개는 나뭇가지가 되고
곧게 뻗은 다리는
바람 소리 속의 유체와 같은
나무의 기둥뿌리가 된다.

새는 이제 새가 아닌 나무의 모습으로
모래바람을 맞으며,
모래벌판 위에 당당히 선다.

그 포근했던 온기는 사라져 버리고 없지만

광활한 하늘을 누비던 그 깃털은
흩어져 버리고 없지만,

새에서 나무로 모습이 바뀌어 버린 화식조는

끝없이 광활하고 무한한
푸른 하늘의 땅을
잊지 않은 채

전보다 더 청명해진 눈빛으로
과거와 현재의 바람 속에서
다시 푸르게 날갯짓한다

주차장의 푸른 돛새치

메아리쳤다
바다 곳곳에서 알 수 없는 소리들이

그 소리를 쫓다 보면
파도 사이로,
바다풀이 가지런히 나 있는 거대한 등을
내보이는 녀석들을 만날 수 있다

하늘을 향해
광활한 해수면을 드러내고 있는
몸 빛깔이 푸른 저 친구들

그 친구들 중 하나를 주차장에서 보았다

매끈한 등 위의
층층이 솟은 바다풀잎들을 내보이며
은빛 차량 사이로
잿빛 차량 틈 사이로
몸을 이리저리 숨겼다가 내밀기를 반복하는
형상

직선이 계단의 테두리를 타고 오르듯
차량의 침강된 등줄기를 어루만지며
날렵한 눈매를 드러내며

유유히
도로 위의 파도 속으로 사라진다
주차장 바닥에
날개바퀴 같은 등지느러미 자국만을 남긴 채

그때 곁의 작은 꽃잎 하나가

작은 새의
마음이 담긴 꽃잎은
언제나 그대를 지켜보고 있지

그리고
그 작은 꽃잎은

사나운
먹구름의 우렛소리로부터
아스라한
갈잎숲의 울음소리로부터

그대를 지켜 준다네

세상은 변하지 않고
거센 비바람은
어제와 같이 불어오지만

꽃잎은
그 빗속에서도
그 바람 속에서도

변하지 않는 모습으로
그대를 지켜보고 있어

늘 그대 곁에
머무르며

그대를 지켜 준다네

새벽의 눈동자

섬잣나무에 앉은 새가
새벽 귓가에 어린 별빛을 바라본다

포연이 자우룩하게 깔린
산벚나무 위의 새가
구름에 비친 별빛을 올려다본다

찬 바람이 내려앉은
버드나무 가지 사이를
이리저리 옮겨 다니던 새가
새벽 하늘가에 드리워진 별빛을 건너다본다

새들은 서로를 보며
말한다

저 푸른빛이 내 곁에 있으므로
내 눈앞에 펼쳐진 모든 것을
다시 안을 수 있다

저 푸른빛이 내 앞에 있으므로
내 눈앞에서 물결치는 그 모든 것을
다시 바라볼 수 있다

산벗나무와
버드나무와 섬잣나무 사이로 보이는
하늘가 위로

별빛을 닮은
새벽의 눈빛이
어제의 기억처럼 흘러간다

빗물에 눈물을 새기고

옷이 없어
옷을 몸에 그려 입고
길을 나서네

가진 게 없어
가지고 싶은 것을
옷 위에 그려 넣고

지난 기억의 눈빛이
머무는 곳으로
발길을 옮기네

지난 시절의
그 눈빛 앞에서도
나는 정작 내보일 게 없어

한 발 뒤로 물러서려는데

그 순간

보이지 않는
그 아득하고 수많은
서러운 것들이

한 번에 와르르

내 앞에
쏟아져 내리네

녹자작

눈꽃 나무 가지 끝에
새 한 마리 앉았어라

창가에 놓인
초겨울의 보얀 입김처럼

몸을 부풀리며
날개를 털며
먼 하늘을 바라보누나

포슬눈 같은 잎 자락에
작은 새 한 마리 앉았어라

이슬빛 언덕을 넘어온
안개꽃 저고리처럼

잎줄기에 앉아
잎새 같은 얼굴로
먼 하늘을 바라보누나

파도의 전자기장

어두운 날의
등불 같은
수면이 해안가로 밀려오면,

수면과 지면은
교차돼
수만 개의 모서리를 이루며
연안 해역의 계기판 위에 드리눕는다

계기판의 눈금 사이로,
폭풍우에 휩쓸린
거대한 안개구름 같은 직선의 무리들이
내리꽂힌다

그 무수한 선은
수평선과 맞닿으며
균일한 연직각을 이루곤
진동한다

그 무한한
청음의 공간 속에서
해조류의 검붉은 등줄기처럼
휘어져 버린 선들이,
해저의 출렁이는 자판 위로
유성우처럼
순식간에 쏟아져 내린다

그러다가
어느 순간

선들은
일제히 날개를 달고
공중으로
연실처럼 한꺼번에 솟구친다

뉴트리아

그들은 갈 곳이 없다
위로의 한 마디
그들에겐 남아 있지 않다.

기다란 손가락들은
오늘도 여지없이 그들을 가리키고

그들은
자기들이 무엇을 잘못했는지
무엇 때문에
그 자리에 서 있는지 알지 못한 채
매섭게 몰아치는 갈대숲 속에서
눈물을 삼킨다.

기다란 손가락들은
너무도 쉽게
그들의 눈물을 이야기하고,

그들은 유해 동물이어서
눈물이 없다며
눈물 없는 사진 한 장 앞에서
입을 벙긋거린다.

사람과 바다의 거울

갯벌 위의 새가
바다의 거울 속을 바라본다

거울 속의 바다
거울 속의 바람
거울 속의 파도
그리고
바닷속의 하얀 날개

그 모든 모습을
새는 가만히 바라본다

바다와 바람과 파도의 여러 단면이
서로 더해져
새의 모습이 되고 새의 하루가 된다

갯벌 위의 새는 가만히 눈을 감고
바다를 바라본다

기억의 한쪽을 스쳐 갔던 사람들
과거의 외떨어진 한곳을 스쳐 가는 사람들

그 모습들이
서로 더해져
바다의 거울이 되고 거울에 비친
바다의 하루가 된다

가슴 속에 이는 파도와 같은
그 모습들

가만히 눈을 뜨고
새는,
바다의 거울에 비친 자신을 바라본다

비에 젖은 푸른 잎

나지막이 놓여 있네

풀잎이 길가에
나지막이 놓여 있네

봄, 가을에
보았던
빗물 같은 풀잎이
바람에 날리네

그리운 사람이
그 길목에 서 있는지

오늘따라
풀잎의 시푸른 그 향기가
어제보다 더 반짝이네

그대의 향기가
바람을 적시네

풀꽃 같은 그대의 향기가
바람에 흩날리며

길가에 놓인
풀잎 위에

봄비처럼
가을비처럼

내려앉네

생각의 잔

그대를 만났다
그대를 향한
내 생각을 만났다

그 생각은 어느새
내 앞에 놓인 유리잔 속에서
기쁨으로 출렁인다

이제 그 생각을 들이켜야지

유리잔에 담긴
투명한 순청빛의 향기 같은
그 생각을 들이켜야지

설령

그 생각이
나 혼자만의 독백 같은,
색 바랜 기억으로 남을지라도

그 생각을 잊지 않게
언제까지나 간직할 수 있게

유리잔에
담긴

그 생각을 들이켜야지

길 위의 불빛이 되어

안개 자욱한 길을
걸어가자

두 손 서로 맞잡고
그 뿌옇고 아스라한 길을
함께 걸어가자

주위의 풍경이
연기 속에
잠기고

그 그림자마저
안개 속으로
모습을 감추어도

서로가
서로의 새벽이 되어
아침이 되어

그 길을 걸어가자

공작새

얼굴을 스치는 건 바람인 걸
머리칼을 어루만지듯 매만지곤 먼 곳으로 떠나가는 건
너를 닮은, 연둣빛 삼나무 향기인 걸

혹시라도 나를 봐 주지는 않을까
언젠가는 네가 나를 뒤돌아봐 주지는 않을까
그러곤 내 눈에 비친 네 눈동자와 눈 맞춤하지 않을까

아껴둔 장식깃을 펼치고,
상수리나무 잎이 나부끼듯
깃털들을, 밀려드는 선량한 봄꽃 내음에 맡겨 봐도
너는 다른 곳만을 보고,
나와는 다른 어떤 모습에 현재의 자신을 내맡기며,
웃음과 탄성을 내지르기에 여념이 없지.
나는 내게서 고개를 돌린 네 뒷모습만을 바라보며
슬며시 장식깃을 접어 내리고,
눈에 보이지도 않는, 산벚나무가 우거진 숲길을 그리며,
그런 나를 스스로 다독이며 한 번 웃지.

그러고 보니, 내가 웃을 때
산도, 구름도, 냇물도 웃는 것 같아.
내가 멈춰 있던 표정을 지우고 깨뜨릴 때
그들도 웃는 것 같아.

산이 안개에 에워싸이고,
구름이 비구름으로 바뀌고,
냇물이 폭풍우처럼 거세게 일어도

그들 모습에 비친 내 눈빛을 보며
다시 날개를 펼 수 있어.
잊을 수 없는 한 가지가 있어 다시 날개를 펼칠 수 있어.

어제와 오늘의 물그림자

폭포수 앞에 홀로,

폭포수 앞에 홀로
누군가 서 있네

흐트러진 연잎들이
물속으로 뛰어드네

뜨거운 수초들이
물속으로 뛰어드네

연잎은
폭포수를 바라보지 않아
수초는
폭포수를 기억하지 않아
그들은
폭포수를 더는 그리워하지 않는다

비탈진
물소리 아래로 흐르던
지난 시절의 물빛 그림자는
어디서 다시
만날 수 있을까?

폭포수가 흘러
강 하류로 가네

폭포수의 물줄기가 홀로
저 먼 곳으로 가네

백색의 수증기를 일으키며
빗물처럼 아득히 흩어져 가는
그 폭포수 앞에는

한 사람의 그림자만이 남아

새벽 별이 숲의 눈동자에 비칠 때

새벽이 안개 속으로 스며들 때면
나는,
새벽의 숲속으로 걸어 들어가는
빗물의 눈동자를 본다
하얀 호수 위로 하얀 구름이 떠가듯
풀잎 위의 이슬 위로 물빛이 흐르고,
하얀 불빛 위로 하얀 잎새가 떠가듯
풀잎 위의 눈물 위로 별빛이 흐른다
그 흐름은 끝이 없나니.
모든 것이
어딘가로 다 흘러가 버려도
새벽은 숲을
떠나지 않는다.
숲속에 홀로 남은
새벽은,
그곳에서 발을 떼지 않은 채
모두가 떠나 버린 그 숲의
아스라하고 아득한 그 모든 것을 바라보며
새벽빛이 내린 숲의 한 손을
가만히 부여잡는다
숲의 하루 밑으로 흘러 들어가는 슬픔의 손짓들.

무언의 고요는

무엇과 만나려고 그 자리에 서 있는가

무언의 소리는

무엇과 소통하려고 그 자리를 떠나지 못하고 있는가

바람의 꽃이 피네

새벽의 꽃이 피네

비도 오지 않은 새벽의 숲속에

지난날의 꽃이 피네

나는

숲 앞에

부끄러운 내 손을 내민다

새벽과도 같은 그 모습의 어디쯤에

지나 버린 날들의 온기가 있을까……

내가 잡아 보지 못한 숲의 그 손에는 아직도

새벽 향기의 잔상이

그 모습 그대로 남아 있는데

파도의 잎사귀

창을 열면
푸른 바람
창을 닫으면 흰 눈빛

멀리서 들려오는
안개 낀 새벽의 노래

바람은 물결이어라

새벽의 눈빛은 파도의 소리여라

물 위에 떠 있던 모든 것이
새벽 바다의 하늘을 밝히네

바다가 내다보이는 창가에 서서
옷깃을 스치고 지나가는
시원한 바람을 느껴 본다

파랗게 새파랗게 바람은 나부끼고
하얗게 새하얗게 파도는 흩어진다

해변의 모래 위에서 반짝이는
별빛의 조각들

그것을 주우려고 해도
주울 수 없어

해변의 그 모래 위로 손을 뻗어 본다

바다의 소리 앞에 놓여 있던
빛 조각은
파도가 되고
파도의 잎사귀가 되어
바다의 품에 안긴다

파도의 커다란 잎사귀는
회전하며
바다의 수면에
그 빛을 드리우고

빗속에서

창밖에서 빗소리가 들리네
어쩌나,
빗물이 흘러내리는 소리가 들리네
그 비에 내 날개가 젖을 텐데
날개깃이 젖을 텐데

지난날
빗속에서 보았던 빗물의 노래를
잊을 수 없어

창으로 들이치는 바람에
닫혀 있던 창이 열리고

창가에 앉아 있던 나비는
비바람이 몰아치는 창밖으로
뛰쳐나간다

빗물이 날개를 때리고
날개깃을 적셔도

나비는 그날을 잊지 못한다
지나 버린 그날만을 기억한다

온몸이 비에 젖고
거센 빗물에
몸이 바닥으로 내동댕이쳐져도

나비는 그날만을,

그날만을 기억한다

전서구

멀리 가더라도
꼭 돌아와야 해

멀리 떠나더라도
다시 돌아와야 해

네 날개깃을
바람이
온전히 느끼며 기억하듯

돌아오는 길
잊지 말고

바람이 너를 이해하듯
바람이 너를 잊지 않듯

그 바람의 숨결을
품속에 간직한 채

이곳으로 다시
꼭 돌아와야 해

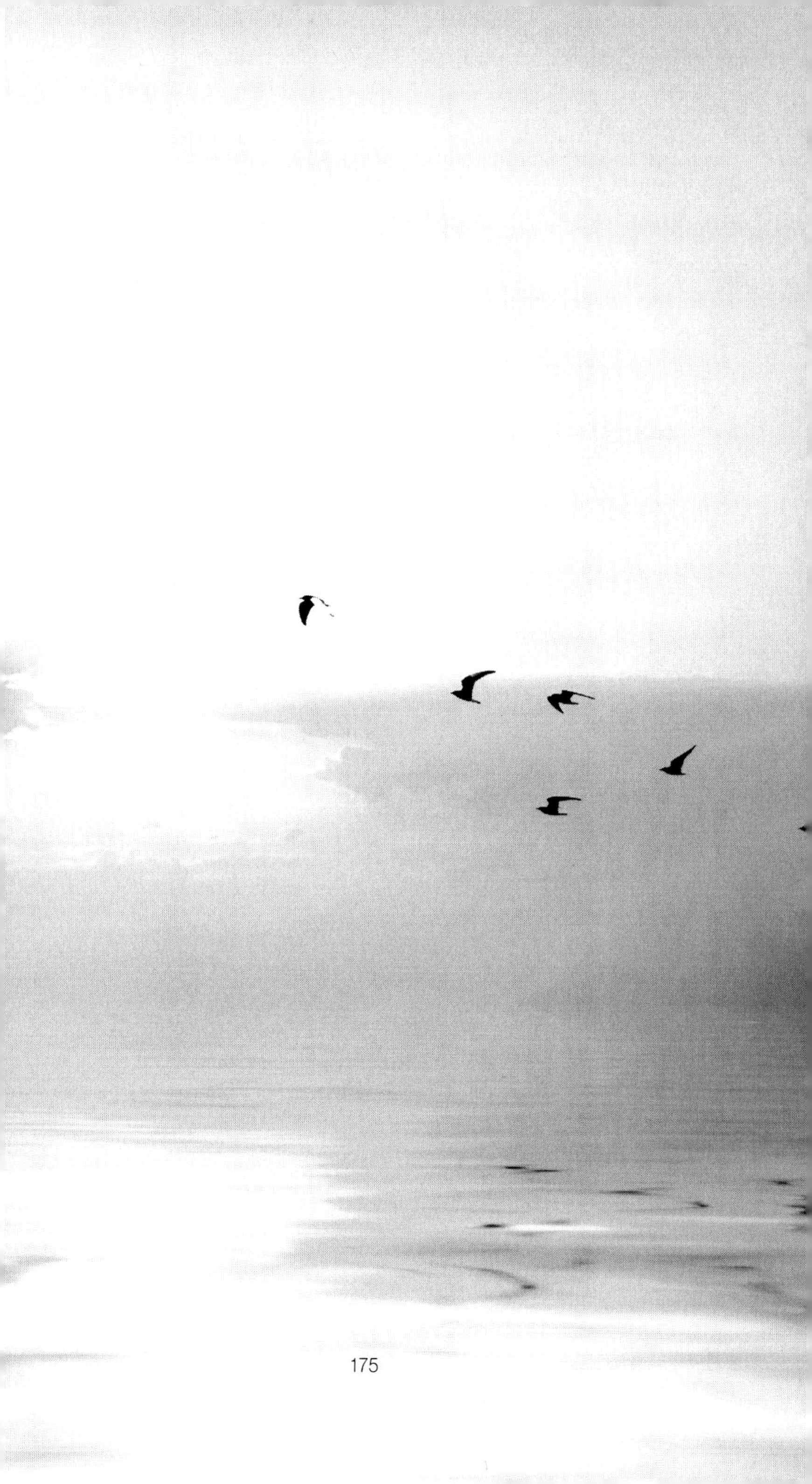

그린란드 곡향하

변온의 숲을

태워라. 당신이 원한다면

당신의 그림자는 숲을 다시 태울 것이다.

비올라 소리가 들린다. 그 소리를 타고 바람이 불어온다.

우리는 숲과 그 숲속의 나무와

나무의 굴곡을 가꾸었다. 그것을 한순간에 무너뜨릴 만큼

우리의 비애는 그 모두를 짓누르고 있다.

어둠을 노래하는 까마귀의 노래를 들어 보라.

어둠 속을 헤매는

열기 속의 검은 날갯죽지를 바라보라.

쥐어도 쥘 수 없는 검은 그림자.

눈가루 날리는 사막의 승냥이 울음소리를

들어 본 적이 있는가.

그것은 그 어느 누구도 외면할 수 없는,

깨어진 불길 속의 숨결이다.

두 눈을 뜨고 바라본다.

그 걸음걸이를 눈여겨 바라본다.

당신이 그토록 바라던 것들은 어디에 있나.

우주는 별이다.

다가갈 수 없는 별이다.

백야의 하늘에는 별이 없는데,

당신의 시야는 이미 하늘가의 북서편으로 떠나간다.

멀어지는 백색광의 공간······.

누군가 보고 있다,

굽은 지표면의 발등 위로 걸어가는 고생대의 숲을.

점점 어두워지는 불빛. 숲의 그림자가 커지면

숲속의 나무는 작아지고,

나무가 커지면 그 그림자는 어둠을 더하리니.

눈의 산

산이 눈구름 속으로 걸어 들어간다

산속의 산과 나무
그리고 구름

네 개의 손가락, 조각난 손마디
흘러가 버린 시간 속의 눈바람 속에서도
찾을 수 없었던
그 옛날의
네 눈빛은 어디에 있나

하얀 순록 같은 눈보라를 타고
공중으로 날아오르는
그림자 없는 소리여
그치지 않는 향연이여

한 소녀가
멀어져 가는 산을,
지워져 가는 산을 본다

오랜 시간
산을 찾아 헤맸는데
이제야 만났어

지난날의 숲은
환각 같은 기억 속에 파묻혀
흰 눈과 같이 변하고
그 숲의 나뭇잎들은
찬 바람에 모두 얼어 버렸지만

소녀는 지금도
겨울빛으로 물든 숲의 모든 것을
볼 수 있어

자신의 눈앞에 펼쳐진
설원과도 같은 그 광활한 숲의 정경을
온 가슴으로
느낄 수가 있다네

소녀의 손에 들려 있는
하얀 눈꽃

아무도 기억하지 않는 그 꽃이
그녀의 손 위에서 반짝이네

산이 떠나 버린
그곳에서

소녀는
눈의 산을 다시 만난다

그대의 그 눈빛만을

바람이 스치고 지나간 빈 벤치 앞에 서서
먼 산의 안개구름이
남녘의 하늘가 너머로 사라져 가는 모습을 본다
저 먼 곳에서도
안개 같은 그대의 형상은
뭉게구름처럼
목화 솜털처럼 피어오르기를
멈추지 않는데,
정작 나는
지금의 그 모습을 제대로 보지 못하고
느끼지 못하고,
바람에 젖은 풀빛 사이로 흐르는
지나 버린 옛 기억 위에 홀로 서서
그 기억 속의 그대를 가만히 바라보고만 있을 뿐이다
바람이 찬데
더 찬 바람이 불어올 텐데,
나는
아무것도 하지 못하고
얇은 옷깃에만 의지한 채
다시는 돌아오지 않을 그 비안개 같은 지난날의 불빛 속에서
그대의 모습만을 떠올릴 뿐이다.

그 눈빛만 그릴 뿐이야

은빛 나무와 겨울새

사람들은
사람의 이야기를 하고
나무는
그 이야기를 듣는다

사람의 이야기에
나무의 목이 길어지고
다리가 길어지고
몸이 길어져도

사람들은
사람의 이야기만 하려 할 뿐
나무를
쳐다보지 않는다

어느덧
나무의 목과 다리와 몸은
하염없이 길어져

저만치
멀어져만 가는데

벽조

구름표범나비의 눈
그 눈에
벽조 한 마리가 비친다

느티나무의 높다란 가지에 앉아 있는
벽조가
나비의 눈에 비친다

나뭇가지에 앉아 있던 벽조는
공중으로 날아오르며 평면의 공기를 맛본다

구름표범나비는 무채색 공기에 에워싸인 벽조를 주시한다
더듬이를 좌우로 까닥이며 그 날갯짓 소리에 귀 기울인다

멀어지는 벽조
다가오는 구름무늬
나비의 곁으로
구름의 물결이 점점 더 가까이 다가온다

그것은 은밀한 고대의 속삭임
그것은 곧
구름무늬의 벽으로 바뀌고
안개 덩굴처럼 자라나 나비 주위를 둘러싼다

구름표범나비의 눈에 투영된
벽들과 구름의 물결.

나뭇잎 같은 구름의 조각들.

벽을 바라보던
나비는
구름 저 너머로 사라져 버린
벽조를 그리며

그 벽면에
입술 같은 더듬이로
벽조의 눈동자를 그려 넣는다

길을 만나자

길을 만나자
내 길을 만나자

그 누구도
알지 못한

내 길을 만나자

바닥에 버려져 있던
그날들은 어디에 있나

새벽 연기에 휩쓸려 가 버린
그날들은 어디에 있나

밀려오는 구름 바람을 헤치고
서리 낀 비바람을 깨뜨리고
쏟아져 내리는
비탈진 눈바람의 벽을 허물어뜨리고,

마음을 따라 흐르는
단 하나의
길을

내 마음이 가리키는

그 길을 만나자

겨울 꽃잎

한 여인이 홀로 폭포수의 소리 위를 걸어가네
그 푸른 물소리가 겹겹이 쌓여 있는
그리운 지난날의 물가에 다다른 여인은
자신의 그림자와 함께
그 아득하리만치 깊고도 깊은 소리의 물줄기 속을
들여다본다

아련히 사라져 가는 소리의 물결 위로
자줏빛 눈비는 하염없이 내리는데……

그녀는 별빛의 구석진 등 뒤에 몸을 숨긴 채
가만히 그 물결을 주시한다
그러곤
밤하늘에 떠 있는 은빛 라즈베리의 향기를 바라본다
그것은 곧,
눈물 같은 투명한 빛을 사방으로 내뿜으며
호수 위의 형화처럼 공중으로 떠오른다

폭포수와 같은 그 물소리는
여인의 발자국을 에워싸며 그것을
자신의 푸른 등허리에
하얗게 아로새기고,
자줏빛으로 물든 하늘을 마주한
여인은
자기 어깨를 감싸고 있던
흐무러진 등불의 겉꺼풀을
발아래로 벗어던진다

사람의 눈빛 속으로 뛰어든
슬픔에 젖은 꽃잎처럼
여인은 검푸른 물속을 헤치며
물안개 속의 음영과도 같은 그 어느 날을
가슴으로 부르네

그날의 기억은
물 위의 연잎처럼
한 여인의 눈동자에 남아

그 나무가 서 있는 곳에는

어둠이 길가에 나지막이 내려앉는다

낙엽끼리 부딪는 소리
먼 곳에서 들려오는 바람 소리, 풀 소리

시간의 그림자와 같은 어둠의 길이는
거짓된 모든 망상의 입을 틀어막는다

그 길을 지나던 회백색 머리칼의 나무 하나가
어둠의 길목을 뒤로하곤,
그리운 새벽빛이 물결치는
아득하고도 가마아득한
저 먼 곳을 향해 발걸음을 내딛는다

새벽의 손끝에서부터 흘러나온
그 푸른 빛깔의 목소리는
지금 어디를 향하고 있는가

그 소리를 듣고 있는 이는
어느 곳의 그 누구인가

굽이치는 고요의 무늬 속을 헤엄치던
깨진 슬픔의 조각들은
비탈진 대기의 외벽을 타고 오르며

불빛을 쏟아내는
새벽 하늘가의 등불처럼

길 저편에 홀로 선
어둠 속의 나무를 다시 바라본다

풀잎과 나뭇잎은 흔들리고

풀밭에 떨어진 나뭇잎 하나를, 풀들과 눈빛을 교환하고 있던
손등의 반대편 위로 건져 올린다.
손바닥 위에 놓인 잎사귀. 풀밭의 헝클어진 표정들이
먼 산 너머에서 불어오는 선선한 바람 아래에
가지런히 놓이며 줄을 선다
내 손바닥 위의 나뭇잎은
풀잎이 아닌 나뭇잎. 그러나 빛깔은 같은……
풀밭에 놓여 있던 나뭇잎이 지금은 내 손 위에 있어서
풀들이 불안한 행렬로 바람을 향하는 것은 아니다.
손바닥 위의 잎을 바라본다. 바람이 한 방향으로만 불지 않고
서로 교차하며 엉클어지기 시작한다. 풀들이, 언제 일렬로
정돈된 모습을 보였느냐는 듯 제멋대로 춤을 춘다.
손바닥 위의 잎을 만져 본다. 바람이, 다른 방향으로 부는
바람 속으로 들어가는가 싶더니 이내 바깥으로 튕겨 나와
또 다른 바람을 덩굴처럼 칭칭 휘감으며
전진한다. 풀들이 거친 파도처럼 출렁인다.
손바닥 위의 잎을 쓰다듬는다. 바람이 휘몰아치며
풀들에게 무어라 다그친다. 깎아지른 듯 가파르게 꺾인
바위에 부딪쳐 산산이 조각나 버릴 기세로 풀들이 요동친다
쥐고 있을 수 없어. 걷잡을 수 없어. 헤어 나올 수 없어.
풀밭 위의 여백이 어그러지며 바람을 후려치는 순간
나뭇잎이 내 손을 떠나
바람을 타고 다시 풀밭 위에 내려앉는다

가난한 도시의 제비나방

도시의 아스팔트 위를
한 무리의 제비나방이 헐벗은 날갯짓으로
지나간다.
정신없이 흔들어 대는 그 날개는
잿빛개구리매를 감싼 웃옷과 같은 빛깔인지
드라세나 잎을 덮은 옷자락과 같은 색깔인지
분간이 안 가고,
그들의 눈 속으로 밀려들어 오던
아침의 음영은
매섭게 들이치는,
대륙의 조각난 빙하에 가로막혀 불타오르기 시작한다.

도시의 더미더미 속으로,
메아리 없는 외침 속으로
빛깔 잃은 나방 떼는 빨려 들어가 버리고,

퇴색한 날개를 접은 존재들은 어느 사이엔가
그곳에 들어차 있던,
상하좌우가 뒤집어진 채
소용돌이치는 꺼먼 대기에 휘감겨 짓이겨지고 만다.

그들에게 남은 건
조각나 깨진 날개와
부옇게 너울대는 회백색 공기에 파묻혀 엎어진 몸뚱이뿐.

나방 무리는
제 잃어버린 색깔을 찾아
새 날개를 펼치려 애써 보지만,
그만 그 자리에
눈의 파편이 내려앉은 절지동물의 굽은 등처럼
무너져 내리듯 얼어붙어 버린다.

잠시 후 그들은
도시는 자신을 지킬 수 없음을 깨닫는다.

나방들은 하나둘 몸을 일으켜 황폐한 겉껍질을 내팽개치고,
당당히 다시 하늘로 날아오른다.

푸른 새벽

새벽을
다 가질 수는 없어도
새벽을 느낄 수는 있지

그것이면 됐어

새벽은
푸른 망토를
저 먼 공간 너머로
벗어 던지고
밀려드는 불빛 안개 속으로
모습을 감췄다가

언제고 다시
그 망토를 걸치고
내 앞에 나타나

변함없는 모습으로
나를 반길 테니까

산을 올라야 하네

외로운 산을
올라야 하네

저만치
멀리 서 있는 산을
올라야 하네

하루 내내
생각하고 또 생각했던
그 모습을
마음 한쪽에 숨긴 채

산기슭을 덮고 있는
안개를 지나

산 너머 숲에서 밀려오는
그 깊은 바람을 넘어

그리운
저 산으로
올라가야 하네

비에 젖은 푸른 밤

수만 마리 물오리 떼의 날갯짓 같은
천둥소리
구름에 걸쳐진 하늘을 뚫고
저 아래로 내리꽂힐 때

산홋빛 빗물이
그 소리를 타고

하늘에서 지상으로
줄기차게 쏟아져 내린다

비가 언제까지 내릴까

비는 언제쯤

물기에 젖은,
여름날의 나뭇가지들이 타오르는 듯한
저 소리를 털어낼까

잠시 잠든 사이
비는 어느새 그치고

하늘은
말갛게 반짝이는
푸른 빗물을 안은 채

투명한 빛깔로 눈을 뜬다

새의 별

한 남자가 덤불 속을 헤치고
시야의 가장자리에 걸쳐져 있는, 저 혼자 우뚝 솟은
비탈진 언덕배기 쪽으로 나아간다.
내겐 없어. 날개가 없어.
저 하늘로 날아오를 수 없어.
그는, 풀숲 너머 저 먼 곳에 서 있는 언덕과
그 위에 드리워진 달빛을 바라본다.
올라오라. 돌아보라. 지난 시절의 그 은밀한 비밀을
내게 다시 속삭여 다오.

각시투구꽃처럼 눈썹을 치켜든 수풀 더미를 지나
희멀건 기체에 흥건히 젖은 덤불 가시밭길을 지나
어느새 구름 잎사귀 하나 없는 언덕 앞에 다다른 남자.

그가, 하늘 기둥과 맞닿은, 자신을 가로막고 있는
고즈넉한 경계의 그 언덕을
넘어서려는 찰나
언덕바지에서 거센 바람이 일더니,
그것은 곧, 연기에 에워싸인 큰 물결이 되어
남자를 단숨에 집어삼킨다.

자신이 투영된 물속에서 그의 몸과 팔과 다리는
수만 가지 생각에 휘감기기를 되풀이하다가,
어느 순간
수면을 뚫고 날아오를 거대한 날개가 된다.

구름바다의 외면과 같은 평면 위의 직선을 박차고
솟구쳐 오르는 그 잊지 못할 순간의 파편.
날개는, 그 눈부신 날개는, 지난날에게 작별을 고하곤
한 마리 새가 되어 끝없이 파도쳐 오는 기류를 뚫으며
하늘 높이 날아오른다.

바람 소리 같기도, 파도 소리 같기도 한 그 날갯짓은
지면을 뒤덮은 물결과 멀어질수록 지나온 과거와의
거리가 희미해져 가고, 환하게 빛나던 깃털은 서서히
퇴색해 간다. 그 옛날의 하늘과 다름없는 실재의 공간을
유영하던 날개는, 그것과는 같은 가공간을
공유하면서도 그것과는 상반된 또 다른 모습이 되어,
지쳐 꺾인 깃털처럼 수면 위에 내려앉는다.
불타 버린 강처럼 잔잔하던 흐름은
시나브로 어엿이 서로에게 기대어 선 물살로 변하며,
수면 위에서 목화 껍질처럼 변해 가던 날개를 감싼다.
그러곤 물 소매에 젖은 아마존 프로그비트처럼
저 혼자 소리를 낸다.

물살이 다시 수면을 딛고 일어서며, 허기 없는 가슴으로
주변의 빛살을 한 모금 들이켜곤,
물 위에 떠 있던 나무껍질을 닮은, 새의 날개를 삼킨다.
새는 자유로운 물고기가 되어 물속을 헤엄치며
눈앞에 펼쳐진 해저의 평원을 향해
남녘의 푸른 잎맥처럼 전진해 나아간다.

하늘에만 별이 있는가.
바닥에 있던, 풀 먹인 등껍질 여러 개가,
물 밑으로 고개를 들이민 달을 맞는다.

바다의 불빛

불빛을 바라보았다

금빛으로 깜박이는
바다의 꽃잎을,
꽃과 같은 어느 불빛 하나를
바라보았다

어둠이 내린 바다 위에서
저 혼자서
산기슭의 달맞이꽃처럼
바람에 나부끼고 있었다

온 가슴으로
그것을 바라보았다
하지만 그 불빛은
저 먼 어딘가로
떠나고 있었다

먼바다에서
더 멀어지고 있었다

나는,
멀어져 가는
그 불빛 속에서
환하게
주위를 밝히려 하는
꽃잎의 새 빛을 볼 수 있었다

구름 속의 산새처럼

나는 또 보았네
물속에 갇힌 구름의 그림자를

바람결에
흔들리고는 있었지만
그것은,
어느 때
어떤 순간보다도
아늑하고 평온해 보였네

깊은 잠에서 깨어난
한 마리 산새 같았네

바람이 불고
물결이 일자

그 형상은

안개 속의 한숨처럼
어딘가로
사라져 버렸네

기억의 호수 위를 걷는 늪새

오늘은 왠지
호수의 눈동자 한가운데에
내가 서 있는 것 같고

수많은
금빛, 은빛, 푸른빛이

물 위에 비친 새벽의 뒷모습을
붙잡는 것만 같아

하늘에선
고도의 붉은 항성이 반짝이는데

그대,
나는 오늘도
대지의 윤곽선 너머에
아득히 펼쳐진
저 높은 곳을 향해

안개 물결을 헤치고
나아가리라

해오라기를, 물방울 속의 해오라기를 보았다

번쩍이는 것을 보았다.

햇빛은 아니었다.

이곳은 숲과 바다가 마주하고 있는

해안가의 언저리에 자리 잡은 모래 둔덕.

잣나무 몇 그루가, 머리칼을 바람에 스적스적 날리며

바다 쪽을 바라보고 있다

파도 소리 위로 피어오르는 물안개의 잔영처럼

희읍스레한 온기로 해안을 감싸던

그 어슴푸레한 빛의 형상은 무엇이었나?

잣나무에 드리워진 수많은 나뭇잎 사이로 파고드는

햇빛은 아니었다. 그것은 한 마리의 해오라기였다.

해오라기가 물고 가는, 새의 부리가 얼비치는,

한 방울의 물이었다.

찰나의 순간만 번쩍였고,

다시는 그 아스라하고도 눈부신 모습을 볼 수 없었다

바닷가에 해오라기가 출몰하는 건 흔한 일은 아니다.

혹시 내가 잘못 본 건 아닐까 하는 마음에

저만치 멀어져 가는 새를 다시 한번 주시한다.

갈매기보다 커 보이긴 하지만,

멀리 떨어져 있어서 자세히 확인하기가 어렵다.

분명 해오라기였는데……

상냥하고 온화한 그 금빛 입김이
나를 수줍게, 주춤하게 했는데……
엄지손가락에 눌려 부스러진 조개껍질 조각들처럼
태양계의 여왕은 현재의 수평선 상에서 제 사명을 다하고,
나는 해오라기의 연푸른 등 같은 바다를
남빛 바람의 옷깃으로 어루만진다

폭포수의 깃털이 비치는 나무숲 앞에 손을 내밀면

신록의 대양, 그 탁 트인 숲의 바다 앞에 서다.
삼림과 나무숲의 가지들이 어우러진 천연의 정경 속으로
발을 내딛는다.
햇사과 같은 청 띠를 두른 수풀의 내음이 코끝을 스친다.
그것은 유리 방울의 모습으로 솔바람 결을 타고,
그 소릿결을 타고,
새 땅 위에 차곡차곡 쌓인 아침 물결을 가로지르며
산등성이 너머로 흘러간다
잎들이, 풀들이, 뿌리들이
마디마디의, 낱낱의 메아리가 되어 대지 위에서 피어난다.

그 모습은, 그 영상은
맑고 온유하게 일렁이는 대자연의 꽃 내음
어제와 오늘을 잇는 순청색의 이들이 부르는
상록수의 진솔한 노래.

그 향기로운 것들은 어느 사이엔가
하늘의 강에서 쏟아지며 부서져 내리는
구슬꿰미들의 눈동자에 얼비치며
물빛 계곡 같은 음빛깔의 청명한 선율을
끝없이 펼쳐진 푸른 융단 곳곳에 가지런히 입힌다.

숲이, 강이, 산이, 호수가 그 주위를 밝히고,

솔체꽃이 연초록빛 실타래 같은 잎망울을
꼬리구름 위로 띄우듯
나도바람꽃이 산제비나비의 더듬이와 날개맥에
테두리를 그리듯

비로소 태초의 연원에서 비롯되어진
모든 존재의 푸릇한 숨결이
약동한다, 들썩인다, 온몸으로 도약한다

잣나무, 계수나무, 보리밥나무, 후박나무,
붓순나무, 팔손이나무, 차나무가
줄지어 거대한 물줄기를 이루곤 공중으로 솟구치고,
그 뿌리들이 수천수만 갈래로 나뉘며
헤아릴 수 없이 많은 물결을 만들어 산각 위에 아로새긴다.

기류를 타고 불어오는 용숫바람에 에워싸여도
어느 한쪽으로도 기울지 않는,
초원 위의 푸른 달 같은 또렷한 눈동자여!

그 모습은 마치 타오르는 잎줄기 위로 흘러내리는
짙푸른 향기와도 같아라.

환하게, 더 환하게 주변을 비추며
나부끼듯 찬란하게 오색 빛을 더해 가는
나무숲을 내려다보는
단 하나의 형상아!

물기에 젖은 잎사귀의 눈썹이 바람에 날리고
내리쬐는 불볕에
숲과 숲새의 날개깃이
거세게 이는 노을처럼 흩날려도,

나무와 숲 그리고 넓고 푸른 강과 산 사이에 드리워진
호수의 청청하고도 청신한 빛보라처럼

그 형상의 입술은 떨리지 않고,
눈동자는 퇴색하지 않아

다만, 풀잎 위의 이슬방울 같은
새맑은 날들을 부를 뿐.
숲이 열리고,
떨리는 손끝이
대지의 어머니인 남청빛 햇살을 대면하는 순간
셀 수 없이 많은 잎이,
폭포수의 메아리 속으로 스며든 무지개 조각들처럼
하늘에서 지상으로 쏟아져 내린다.

목각 인형과 작은 새

새벽 창가에 빗물의 그림자가 비칠 때면,
나는, 아득히 먼 옛 기억 속의 푸른 빗줄기를 본다.

그 빗줄기 속에서
차디찬 빗물의 그림자를 온몸으로 껴안으며
물기에 흥건히 젖은 그 형상 속으로
스며들어 가던 새벽의 그림자.

그때의 그 그림자와 같은 비는
지금도 내리는데,

내 어린 시절의 새벽을 어루만지던
창가의 목각 인형과
과거의 비탈진 담벼락에 가을의 풀벌레 소리처럼 앉아 있던
작은 새와
멀고도 먼 그 어슴푸레한 시간 속의 옛길에 홀로 서 있던
초목의 푸른 잎들은

이제는 보이지 않네

흩어진 새벽의 잔상들이
빗줄기 너머로 멀어져 간다

흐트러진 새벽의 기억들이
빗물의 발자국 속으로 사라져 간다

비 내리는 길가에서
낯익은 한 남자가,
새벽을 향해 걸어가는
빗물들의 그 소리를
바라본다

내 곁에 잠시 머물렀던 그 아련한 모습들이
어제의 단상처럼
내 앞을 가파르게 스쳐 지나간다

빗물의 눈썹 위에 내려앉은
순백의 여린 꽃잎처럼
하염없이 흔들리던 새벽의 저 먼 빛은
경사진 빗소리의 품속에서
창가의 푸른 눈물처럼 다시 흩날리는데

다시 부는 바람

바람은 알고 있었다
모든 걸 기억하고 있었다

모두 다
잊은 줄 알았는데

아니,
다 흘려보낸 줄
알았는데

네가 서 있던 곳에도,
네가 떠나고
아무도
남아 있지 않던 곳에도
바람은 불었고

지금 다시
그 바람이 분다

그 옛날의
바람이 분다

새벽 네 시의 지하 주차장

누군가는 지금쯤 눈을 뜨고
누군가는 이제서야 잠이 든다네
그 사람을 봤다
나 혼자서 봤다
하지만 없다. 지금은 없다,
담벼락의 낙서 같은 발걸음 소리도
구부러진 흙먼지의 마디숨 소리도.

아무도 없는 곳에서 뜬눈으로 밤을 지새우는 나무토막들이
이곳에 가득 차 있지만, 그들은 곧 제 허물들만 남긴 채
새벽의 소리가 머물러 있는 곳으로 향한다.

새벽의 소리가,
외부 세계와 이어진 지하주차장의 계단 위로
미끄러져 흐르며
그 무릎 앞에 나무토막들을 내려놓는다.
그래서 나는 기쁘다.

새벽 네 시에 놀이터의 철봉은
자기 발아래에 누워 있는 음료 캔에게 옛 노래를 들려주고
새벽 네 시에 선술집의 유리컵은
차오르는 맥주의 탄식을 연기처럼 흘리며 웃고
새벽 네 시에 공사장의 자재들은
등이 휜 인부의 팔 그네를 탄 채 잠을 청하고
새벽 네 시에 쇠창살 안의 심해어는
입을 벌려, 널브러진 제 뒷모습을 삼키고
새벽 네 시에 시장 골목의 휘파람 소리는
밤의 계단을 오르고
새벽 네 시에 거리의 입간판들은
바람에 비틀거리며 차가운 입김을 내뿜고
새벽 네 시에 가로등은
주위에 퍼진 불빛을 천천히 들이켜고
새벽 네 시에 휴지 조각들은
고층건물의 층층이 뒤섞인 벽면을 스쳐 지나가고

그 모습은 어디로 흘러가는지
찬 공기는 어디로 떠나가는지

새벽 네 시에
내가 본 그 모습은

213

겨울 귀뚜라미

눈 위의 발자국은 모두 하얗지
마치 하늘에서 내리는 눈처럼.

눈 위를 뛰어도 보고
걸어도 보고
그 부신 빛 속을 누벼도 본다

구름바다를 양옆으로 걷으며
달려오는 눈바람

지난날의 그 수많았던
가슴과 가슴과 가슴처럼

눈은
산과 들과 대지에
차곡차곡 쌓인다

안개 풀잎처럼 나지막이 밀려오는
하얀 정경의 눈시울 사이로
가을 이삭 하나가 보인다.

너의 잎줄기는 어디로 갔나
네가 그리던 그 빛깔은
어디에 있나

쌓여 가는
눈 위로

벼 잎 같은
더듬이가 하늘거린다

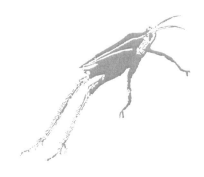

별 하나를 보았네

어두운 밤

모두 잠든,
어느 날 밤

나는
밤하늘의 별 하나를
올려다보았네

그런데
그 별은

나 하나만을
바라보지 않고

세상
모두를
보고 있었네

세상
모두를
비추고 있었네

그대를 그리며, 기다리며

멀리 떠났던 바다의 음성이
다시 돌아올 때까지
그대를 기다려야지

바다의 물결이
별빛으로 다시 출렁일 때까지
그대를 그리워해야지

가을날
벼 이파리처럼
모두 베어져 버릴 테지만

겨울날
흰 눈보라처럼
모두 사라져 버릴 테지만

바다가
내 곁으로 돌아올 때까지
다시 물결칠 때까지

그대를 기다려야지

얼음꽃처럼 흩어내리는 새벽길

눈비가 휘날리는 청자색 하늘을
소리 없이 가로지르는 새벽의 날개여
너의 청아한 음색은 어디로 갔나

하얀 우산을 받쳐 들고,
발자국의 목소리도 머물지 않는
회백색 길을 걷는다

나는
뭔가에 집중하면서
무언가를 느끼고,
또 다른 것을 생각할 때에도
너 하나만을……

낮에 보았던
유리 벽면에 비친
내가 아닌 내 모습은
더는 찾을 수 없어.

어느덧
눈비가
눈보라로 바뀌고,

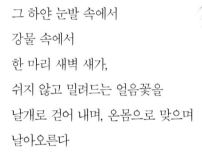

그 하얀 눈발 속에서
강물 속에서
한 마리 새벽 새가,
쉬지 않고 밀려드는 얼음꽃을
날개로 걷어 내며, 온몸으로 맞으며
날아오른다

그 날갯짓 소리는
어느덧 내 귓가에 와 닿는데

나는 오늘도
얼음 같은 강 속을 헤매는가

별이 쏟아지는 푸른 밤

푸른빛이 어린
어두운 밤에

호숫가의
가시연꽃 하나가
홀로
밤을 떠받치고 있었네

그런데
그 꽃은

그리움이 너무 깊어
결국
시들어 버리고

호수 위로
밤이 쏟아져 내리네
별이 흩어져 내리네

눈보라 속의 보랏빛 꽃

흑설이 내리는 밤
시들어 비틀어진 꽃을 한 손에 쥐고
먹을 것을 동냥하러 길을 나선
보랏빛 머리칼의 소녀

네 아비는 너를 버렸어
네 어미는 이제 없어

머릿속을 스치는,
허물어진 실재와 망상 속의 공허감

섣불리 너를 내던져 버릴 수는 없어
그냥 안고 걸어가야지
어차피 변하는 것도 없으니
내 주위엔 아무도 없으니

소녀는 물기에 젖은
진보라색 머리카락의 가닥들을 어루만진다
그때 그녀의 눈앞을 가로막는
들짐승의 깊은 숨소리

소녀는 짐승에게 말을 건넨다
숨소리가 나와 닮았다
하지만 나는 네게 나의 꽃을 맡길 생각이 없다

그 짐승은 삵
아니 삵이 아니라 스라소니
아니 스라소니가 아니라 표범
아니 색이 바랜,
가파르게 꺾인 갈퀴나무 껍질 같은 표범이 아니라
만년설이 고드름처럼 낱낱의 털에 매달린 눈표범

눈표범이 공중으로 뛰어오르자
흑설이, 밤공기를 타고 내려온 백설과
한데 뒤엉키며
구부러진 밤의 기류에 휘감기더니
거대한 폭풍-우가 돼
눈바람과 함께 그녀 앞에 들이친다
소녀의 귓가에 스며드는
밤의 어스레한 검자줏빛 향기

그녀가 들고 있는
꽃잎 위엔
어느새 흰 눈이 쌓이고

여자는
안도의 한숨을 내쉬곤
제 그림자 속으로 걸어 들어가는
휘어진 밤공기의 발톱을 바라보며
다시 집으로 향한다

꿈 같은 밤

차를 닦다가, 차 유리에 겨울 눈썹처럼 매달린
크리스마스트리를 보았다.
앞면과 뒷면이 똑같은, 하얀 서리꽃 모양의 트리.
손바닥보다도 작은 트리가
얼음 들판 위로 흘러내리는 물줄기를 가르며
반짝거리고 있었다.
그것은 잠에서 깨어난 숲, 아니 밤하늘과도 같았다.
만져보고도 싶었지만 그럴 수는 없었다.
저녁 무렵 먼 곳에서 낯익은 눈빛이 노을처럼 밀려와
들녘의 가슴 위에 얼비치자, 차는 주저 없이
그 눈빛을 따라나섰다. 지난날의 트리와 함께.
그들과 함께 어디론가 가 버린 이에게서 건네받은
반딧불이의 노래만이
축축한 손바닥 안에서 기지개를 켜려고 몸을 뒤척일 뿐,
조금 전까지 이곳에 머물렀던 차도, 트리도
더는 만날 수 없었다.
그가 내 서툰 손짓을 그냥 흘려보내지 않는다면, 언젠가
다시 그것을 볼 수 있을지도 모르지만, 당장은 어렵겠지.
손에 묻은 물기를
이제는 털어 내야 하지 않을까 하는 생각에
손바닥을 바지춤에 갖다 대고 문지르다가, 그만 들고 있던

노래를 물이 홍건히 고여 있는 바닥에 떨어뜨렸다.
반딧불이의 노래는 삼킬 수 없는 기억처럼
물 위에 내려앉고는
그곳에, 누군가를 찾고 있는 나무를 그린다.
수면에는 꿈이 어리고,
잃어버렸다고 생각한 그 노래는
떠올릴수록 그리워지는,
그리워할수록 더 따뜻해지는 별빛이 되어
물 위에 펼쳐진 투명한 나뭇가지 사이로 흐르며
겨울밤처럼 반짝인다.

빗물의 계절

아무도 없는 거리를 본다
창가에 기대어
밤 속으로 자맥질해 들어가는
하루를 본다

길 위에는
가로등의 내팽개쳐진 불빛
그리고 그 아래서
바닥에 납작 엎드린 채
지면에 고인 빗물로 자신을 위로하는
꽃잎 한 장

빗물로 위로하면 할수록
빛깔은 퇴색되고 옅어져
희미해져만 가는데

길 위에 버려진 꽃잎 한 장은

비바람 같은 떨림과
비구름 같은 후회
그리고
비안개 같은 계절 속에서 일렁이는,

눈 시리도록 그리운,
다시는 어루만질 수 없는
온전한 색을 본다

나는 아무 말 없이
흘러가는 꽃향기를 본다

눈 내리는 새벽의 노래

이제 네 영혼을 노래하렴
네 목소리를 내보이렴

너를 탓할 이는 아무도 없어
너는 우리의
눈 내리는 새벽이니까

눈 덮인 들판을
마음 놓고 뛰어다니며

부르고 싶은 노래를
생각나는 노래를
마음껏 부르렴

그 노래 안에서

작은 산새 같은
숨결들이

네 영혼에 기대어
쉴 수 있게

바다의 소리를 들어 봐

바다의 소리를 들어 봐

그 소리에는
그대가 듣고 싶어 하던 목소리
보고 싶어 하던 모습이 담겨 있지

바다의 음성에 귀 기울여 봐

저 멀리 수평선 너머에서부터
하늘과 바다 사이를 가로지르며 달려오는
청량한 기류를 느낄 수 있을 테니

그 바람은
그대의 온몸을 휘감으며,
밀려오는 파도가 두 발을 적시듯
지친 가슴을 어루만지곤
그대가 서 있는 곳에
새맑은 빛을 뿌릴 테니

그대는 단지
폭포수처럼 쏟아져 내리는
바닷물에 발을 담그곤

불어오는 바람을
그 모습 그대로 느끼며

그 끝을 알 수 없는 바다의 정점으로
발을 내디디면 되는 거야

달려가면 되는 거야

꽃별

마음이 따뜻해
슬픈 별

흘려보내야 할
기억이 많아
행복한 별

별은
높이
떠 있는 듯해도

그렇지 않아

그리움에
뒤척이다

눈빛 같은
꽃잎을

떨어뜨리는

푸른 별

어린 새의 눈에 비친 나방의 날개

바람은,
잠든 채 하얀 둔덕이 돼 버린 새를 깨운다
숲처럼, 나뭇잎처럼 일어나는,
새의 언 가슴.

바람에
어그러진 것과 어그러지지 않은 것의 단면들이 소리 없이
조각나 깨지고,

못 위로 떠오른 연잎처럼
웅크린 채 떨고 있는 새의 주변으로는
어디선가 나방 수만 마리가 연기처럼 날아와,
그를 감싸 안는다. 정적을 꿰뚫는 기다림은
깃털에 온기를 불어넣으며 접혀 있던 날개를 펼친다.
나방 무리 사이로 비치는 날개깃.

거풀거리는 어둠의 잎사귀 위에 올라선 새는,
셀 수 없이 많은 나방이 화산지대의 얼지 않는 물처럼
공중으로 솟구치며
스러지지 않는 꽃이 되는 것을 본다.

희디흰 숨결의 잎줄기와도 같은
나방의 날갯짓 소리에 에워싸인 저녁의 하늘은
너울대는 강물이 되고,

그 수면 위로
꽃잎들이 아스라이 흩어져 내리며
홀로 선 어린 새의 눈동자 속으로 들이친다

호우

빗물은 하루를 정화한다.
낙엽 진 늦은 오후
들바람 한가운데 서 있는
메타세쿼이아 위로 소낙비가 내린다
비는 잎을 적시고,
나무 아래로 흐르는 지면을 적신다.
행여 충분하지 않을까 하는 의구심에
계속해서 비로 박격포를 쏘아 대는
제법 무덤덤한 하늘 녀석.

줄기차게 쏟아져 내리는
빗속에서도

수증기를 뿜어내며
진흙 갈기를 이리저리 튕겨 내는
바닥의 흐름 위에서도

충분하지 않아! 좀 더 뿌려! 더 뿌려 봐!
초록 침 잎들을 흔들어 대는 메타세쿼이아.

나무의 밑동을 떠받치는
은밀한 비밀의 숨소리가 열리고,
그 주변에서 흐느적거리던 땅 위로
풀이 인다, 불이 난다, 녹색 불이 난다
불구경하러 호랑나비 서너 마리
날아온다, 부채질한다, 꽃등에 두어 마리도
달려온다

굽이치는 빗발의 물결로 모두 집어삼킬 듯
거세게 몰아쳐 뒤집히는 폭우 속에서
벌레들이 손뼉 친다.

올려다보면 광활한 하늘
둘러보면 신록의 빛

나무는
콸콸 쏟아져 내리는 물줄기 속에서
빗물 같은 햇살 꾸러미
등에 지고선
부러진 칼날처럼 드세게 꺾인
산비탈의 울부짖음을
기어이 바닥에 패대기친다

너를 생각하지 않은 적이 없었지

하루도 너를 생각하지 않은 적이 없었다
하루도 너를 마주하지 않은 적이 없었어

바람을 품고 어디론가 떠나가는
물새의 날개 위로

오후의 보이지 않는 별들이
내려앉는다

바다에는 새가 있지
흰 새가 있어

한결같은 눈으로
바다를 비추어 주는
눈꽃 같은,
온기 가득한 별빛이여!

파도 너머로 다시 멀어져 가는
저 빛은
어디선가 또 누군가를
어제의 별빛보다 더 밝게,
환히
비춰 주겠지

푸른 물새

망각의 호수 위를 홀로 걸어가네
낯선 시선조차 없는 곳을
저 혼자 걸어가네

낮을 대면하던 눈동자들이
모두 숨을 죽인 어느 숲속의 호수 위에서
저 혼자
안개 같은, 감파른 산바람의 은빛 향기를
날개짓으로 어루만지는 푸른 물새 한 마리

비록 다른 새하얀 물빛 그림자의 형상들과는
그 모습은 달라도

물새는 또다시
꽃을 피운다
밤의 꽃을 피운다

지난날

그가 멀리서 본 밤하늘의 정경은

높은 곳을 향해 솟구치지만

정작

그 높은 곳에 닿을 수는 없는 애달픈 몸짓이었는데

어느 순간

다시 바라보니

그것은 달의 눈을 가진 한 마리 새의 모습이었다.

꽃잎에 어린 이슬이었다

한 사람에게서만

생각을 하고 있었지

그 떨리던 미소를
생각하고 있었지

하나의 흐름이
지나가고

또 하나의 물결이
지나가도

그 떨리던 표정은
한 사람에게서만
찾을 수 있어

그 사람에게서만
느낄 수 있네

저 바다 너머에 네 눈동자가 있어

버들잎 같은 파도가
반짝이듯 수면 위로 기우는

다사롭고도 투명한
바다 저편에서

네 눈빛,
그 변함없이 푸른 눈동자가
물결처럼 출렁이고 있다

나를 지나쳐 간 순간들
어느 곳에 머물러 있는지
찾을 수는 없어도

눈꽃바람의 꽃잎처럼
흩어져 내리며 나부끼는
버들잎의 들녘 위로

아득하게 떠오르는 단 하나의 형상아!

저 바다 너머에 네 눈동자가 있어
푸른빛이 있어

바다의 그 눈길이
내게서 다시 멀어진대도
어디론가 또 떠나간대도

파도 위엔
네 모습이 남아

그 투명한 눈빛이 남아 있어

새벽 별의 바다

별은
모든 걸 다 버린다

자기가 가지고 있는
모든 걸 다 버린다

늘 그렇듯
새벽이 오면

바닷물 속에 잠겨 있던
별은
새벽 바다가 더 깊어질 때까지 기다렸다가
가만히
떠오르며 떠오르며
자신의 눈물로 주위를 밝히고

수면에 어린 그 눈물은
반짝이며 반짝이며
파도 사이로 불빛처럼 흩어진다

별빛은 파도와 함께
새벽의 항로를 따라,
그 길을 따라 흐르며
그 끝도 없는 해저 속으로
하염없이 흩어져 아스라이 흘러들어 가는데

하루가 지나가고
또 지나가고

세상을 밝히던 별은
바닷물 속에
잠겨 버린
자신의 모든 걸 바라보며
잃어버린 그 모든 것 속에
자신이 찾아 헤매던
정제된 내면이 있음을
느낀다

별은 바다에 떠밀리듯 멀어져도
다시금 제자리를 찾아
그 자리 위로 흐르고

파도치는 바다 위로 흐르는 눈빛 바람

그대가 있다

눈보라가 몰아치는
바다 너머에
그대가 있다

눈바람이,
만개한 안개꽃 무리처럼
내 눈앞에서 일렁일 때면

나는,
바람 속에서 구름사다리처럼
피어오르는
그대의 향기를 본다

새벽 하늘가의 별빛처럼
물결의 어슴푸레한 빛무리처럼
그 향기는 어느새
해수면에 드리워지며
영혼이 깃든
그 옛날의 물빛 향기로 푸른 벌판을 감싼다

하지만
그 향유의 시간은 잠시뿐,
그것은 곧 눈보라 속의
감파른 파도를 따라
안개처럼 사라져 버리고

가슴 속에 남아 있던 옛 시절의 눈빛은
바다 저편으로 떠나간
수많은 날의 아득한 순간들처럼
그 빛깔을
이내 감추어 버리고 만다.

나는
옷가슴의 그림자에 묻은
희미해져 가는 지난날의 파도 조각들을
뒤로한 채
언젠가 다시
내 눈앞에서 빗물처럼 흩날릴
마음속의 그 눈빛을 그리며

눈바람의 발자국이 쌓인
해안 길을 따라
발걸음을 옮긴다

바다가 빗물처럼 흩어져 내려도

한 곳으로만 흐르는 바다로 갔다
바다로 채워진 바다가 내 무릎을 감싼다
파도를 덮는 파도와 그 사이로 스며드는 파도.

부시게,
그 옛날의 평온한 모습으로 웃는 바다는
잃어버린 사랑을 다시 시작하기라도 하듯이
제 몸을 덮고 있던 흰 깃털을 공중으로 뿌리며
나를 반긴다

그것은 곧 먼 곳에서 밀려온 기류를 타고
더 높은 곳으로 떠올랐다가
빗물처럼 흩어져 내리며
맑고 투명한 날개를 펼친다

다시는 만질 수 없을 것만 같던
더는 안지 못할 것만 같던
단 하나의 느낌이여!

다른 곳을 바라보아도,
내 앞에서 물보라처럼 이는 그 날갯짓이 보이고,
눈을 가려 보아도
그 날개가
내 주위로 꽃잎처럼 물잎처럼 내리는 걸
느낄 수가 있어

언제까지나
이곳에 머물지는 않겠지

아니, 곧 날개를 펼쳐 어딘가로 날아가 버리겠지
바다에 네 날개깃만을 남긴 채.

나는 다음날에도
그 모습을 찾아 이곳에 또 돌아올 텐데

그때 너를
또다시 만날 수 있을까

가슴이 말한다

바라는 건
내가 바라는 건

회오리치는 풍경 위로
비처럼 내리는 너

너는 눈꽃 사랑이야
눈빛 사랑이야
눈물 사랑이야

지난 세월을
빗물에 맡기려 해도
뒤돌아서며 버리려 해도

내 가슴 위로
다시
흘러내리는

나의 너

그대가 보이는데

언뜻언뜻 비치는 모습
유리에 비쳐 오는
그 모습

무슨 얘길 해야 할지
어떤 말을 해야 할지

눈물 같은 사람이
너무 멀어 보여서

귀를
기울이고

마음 위로
발을 내딛는

그대의 소리를
듣는다

창밖에 서서 그대를 부르네

바깥은 고요해
밤이슬 내리는 소리도 들리지 않아

창밖으로 보이던
밤하늘의 별 무리는 어느덧 흩어져
바람을 따라 흐르는
회리바람꽃 꽃잎들처럼

저 먼 곳 너머
어디론가 떠나가는데

하늘을 지키던
회화나무 한 그루

밤이면 자신에게로 찾아와
위로의 한 마디 건네주던
어린 벗을 찾으며
말없이 그를 부르네

보이지 않는 어둠을 넘어
그 빛을 부르네

저 별들은 그리움과 기다림이 있는
곳으로 갈 텐데
그 누가 있어 이곳을 찾아 줄까
누가 나를 다시 불러 줄까

그 순간이런가
어린 새 하나

그의 눈가에 아물거리더니
가물거리더니

물잔디가 수류에 휘감기듯
찰나의
하얀
불꽃을 일으킨다

내 어린 새는
또다시
화염에 휩싸이는가